AF669586

हिन्द पॉकेट बुक्स

एक चादर मैली सी

राजेन्द्र सिंह बेदी हिन्दी और उर्दू के सफल उपन्यासकार, निर्देशक, पटकथा लेखक और नाटककार थे। इनका जन्म 1 सितम्बर 1915 को सियालकोट, पंजाब, ब्रिटिश भारत में हुआ था। यह पहले अखिल भारतीय प्रगतिशील लेखक संघ के उर्दू लेखक थे। जो बाद में हिन्दी फिल्म निर्देशक, पटकथा लेखक, संवाद लेखक बन गए। यह पटकथा और संवाद में ऋषिकेश मुखर्जी की फिल्म *अभिमान, अनुपमा* और *सत्यकाम* और बिमल रॉय की *मधुमती* के कारण जाने जाते हैं। इनका एक चादर मैली सी बहुचर्चित उपन्यास है, जिस पर फिल्म का निर्माण भी हुआ है।

एक चादर मैली सी

राजेन्द्र सिंह बेदी

हिन्द पॉकेट बुक्स
पेंगुइन रैंडम हाउस इम्प्रिंट

हिन्द पॉकेट बुक्स

यूएसए। कनाडा। यूके। आयरलैंड। ऑस्ट्रेलिया। सिंगापुर
न्यू ज़ीलैंड। भारत। दक्षिण अफ्रीका। चीन

हिन्द पॉकेट बुक्स, पेंगुइन रैंडम हाउस ग्रुप ऑफ़ कम्पनीज़ का हिस्सा है,
जिसका पता global.penguinrandomhouse.com पर मिलेगा

पेंगुइन रैंडम हाउस इंडिया प्रा. लि.,
चौथी मंजिल, कैपिटल टावर -1, एम जी रोड,
गुड़गांव 122 002, हरियाणा, भारत

पेंगुइन
रैंडम हाउस
इंडिया

प्रथम हिन्दी संस्करण हिन्द पॉकेट बुक्स द्वारा 1972 में प्रकाशित
यह हिन्दी संस्करण हिन्द पॉकेट बुक्स में पेंगुइन रैंडम हाउस द्वारा 2022 में प्रकाशित

10 9 8 7 6 5 4 3 2

ISBN 9788193935552

मुद्रकः रेप्रो इंडिया लिमिटेड

www.penguin.co.in

MIX
Paper from responsible sources
FSC® C047271

This is a legitimate digitally printed version of the book and therefore might not have certain extra finishing on the cover.

पृष्ठभूमि

अमरकथा सुनते-सुनते पार्वती ऊंघ गई। शिव ने देखा भी, लेकिन भाग और धतूरे की मस्ती में वे अपनी बात कहते गए जो गुफा में ऊपर कहीं बैठे हुए प्रबोध और मैत्री, कपोत और कपोती के जोड़े ने सुन ली और अमर हो गए।

युग बीत गए। काल के कांटे कपोत और कपोती के लिए कुंद हो चुके थे। कपोत प्रबोध ने कहा,"अब तो समय ही और आ गया है रानी ! लेकिन तुम्हें वह दिन याद है जब आदमी के बेटे काबील ने अपने सगे भाई हाबील को एक पत्थर से मार डाला था ?"

"हां," मैत्री बोली, "एक कुरुप-सी लड़की के पीछे, जो उनकी अपनी ही बहन थी।"

प्रबोध झल्ला उठा,"तुम्हें अभी तक मालूम नहीं, स्त्री और पुरुष प्रकृति के दो नियम हैं। उनमें जाति तथा सम्बन्ध की बात ही क्या है ?"

"हां.....लेकिन...."

"लेकिन क्या ?" प्रबोध ने मैत्री से कुछ परे हटते हुए कहा, "प्रकृति क्या इस बात का हिसाब रखती है कि किस पेड़ का सत्व किन हवाओं से किस दूसरे पेड़ पर जा गिरता है... प्रकृति का नियम सन्तानोत्पति है। वह किसी से भी हो....कैसे भी हो...."

उस समय प्रबोध उन हजारो कपोतियों के बारे में सोच

रहा था जो अत्यन्त सुन्दर थी, क्योंकि वे नाशवान थीं। उनके गालों की कण्ठिया रात्रियों के प्यार से काली और चमकीली हो रही थीं और उनके अंडे रुई के गालों जैसे कोमल और श्वेत-धवल थे। प्रबोध जैसे कल्पना की उडान के कारण स्वयं ही थक गया और बोला, "नारी के कारण सदैव लड़ाई होती आई है और होती रहेगी।"

"नारी के कारण ही क्यों ?" मैत्री चमक उठी, "धन,और धरनी भी तो है......"

प्रबोध ने कामुक दृष्टि से मैत्री की ओर देखा और बोला, "धरनी बड़ी है और धन उससे भी बड़ा है, लेकिन कभी तुमने सोचा हैकि ये नारी ही के दो रुप हैं ?"

मैत्री ने अपनी नाजुक-सी गर्दन घुमाई और अपने विचारों में डूब गई। फिर प्यार की कमंदें प्रबोध पर फेंकती, अपना दाहिना पैर प्रबोध के बायें पैर में फसाती हुई बोली, "मुझे झांझरें ला दो न, जो यूनान के एथेन्स नगर के एक खंडहर में अभी तक लोगों की नजरों से ओझल पड़ी हैं।

प्रबोध ने झांझरों के बारे में सोचने से पूर्व ही घो-घों करते हुए अपनी चोंच मैत्री की चोंच में तालू तक खुबो दी और फिर स्वयं ही अलग हटते हुए बोला, "क्या लाभ अमर प्यार का जिसमें हम मर भी न सकें ?......किसी-किसी समय तो मुझे यों लगता है जैसे जीना नहीं, मरना अमर है।" और फिर वह कह उठा, "सब उलट-पलट हो गया है।"

मैत्री भी जानती थी कि प्रबोध उस समय तक झांझरें लाकर नहीं देगा, जब तक उसमें उसका कोई स्वार्थनिहित न होगा !

प्रबोध पिछड़ी सदियों की बातें करने लगा और उन रासलीलाओं की—जो दामित्रियस ने सिकन्दरिया में एफ्रोदिते

के साथ समन्दर के किनारे रचाई थीं। फिर एडिपस की—जिसने नादानी में अपनी मां से शादी कर ली थी और जब उसे इसका ज्ञान हुआ था तो इस आघात ही से उसकी मृत्यु हो गई थी...वीर कुणाल की बात—जिसकी प्रेमिका उसके पिता के साथ सांझी हो गई थीं और जिसके कारण कुणाल को अपनी आखें देनी पड़ीं...फिर भर्तृहरि की—जिसने सौन्दर्य तथा यौवन को अमर-बनाने वाला सेब अपनी रानी को दे दिया, लेकिन रानी ने उसे अपने प्रेमी एक धोबी को भेंट कर दिया, जिसने उसे अपनी प्रिय वेश्या को दे दिया, जो सारे संसार का भला करने के लिए उसे उस समय के सम्राट भर्तृहरि के पास ले आई।

प्रबोध और मैत्री ने अंत से सब कुछ देखा था और अब आदि देखना चाहते थे। स्त्री-पुरुष के बीच यह अनियमितता देखकर मैत्री बोली, "आखिर कोई नियम, कोई कानून तो होना ही चाहिए।"...हालांकि उस समय वह मन्मथ के बारे में सोच रही थी जो नीचे मैदानों में एक पुराने-से-वटवृक्ष पर रहता था और बड़ा सुडौल, सुन्दर तथा लाजवर्दी रंग का कपोत था—इसलिए कि वह नाशवान था। ...और उसके बारे में सोचते हुए मैत्री का पूरा बदन फुंकने लगा। वह मन्मथ की बात कुछ यों सीधे-सादे ढंग से करने लगी जैसे वह कोई बात ही न थी। उसका नाम सुनते ही प्रबोध अपने पजों के बल खड़ा हो गया और उसके पंख फड़फड़ाने लगे। प्रबोध की इस स्थिति को देखकर मैत्री डर भी रही थी और किसी आन्तरिक भाव के वशीभूत हो प्रसन्न भी हो रही थी। नज़रें चुराती हुई बोली, "श्रेष्ठ जीवन के लिए हम स्वयं ही नियम और कानून बनाते हैं, क्या स्वयं ही उन्हें तोड़ नहीं सकते ?"

प्रबोध जो कुछ ही देर पहले कह रहा था कि 'प्रकृति का नियम सन्तानोत्पति है, वह किसी से भी हो, कैसे भी हो तुरन्त कह उठा—"नहीं !"

एक दिन किसी उड़ान के बाद प्रबोध और मैत्री अपने घोंसले में लौट आए । मन्मथ उड़ता हुआ अमरनाथ की गुफा तक पीछे आया था और फिर निराश होकर वापस लौट गया। मैत्री को इस बात की प्रसन्नता भी थी और दुःख भी.... प्रसन्नता इसलिए कि उसका प्रबोध अब भी दैवी आपत्तियों से उसकी रक्षा कर सकता था और वह स्वयं भी अब तक इतनी सुन्दर और युवा थी कि मैदानों का मन्मथ कोसों उसके पीछे उड़कर आ सकता और निराश होकर वापस जा सकता था, और दुख इस बात का था कि प्रबोध उसे सदा एक स्वतन्त्र उड़ान से रोकता था.......

घोंसले में पहुंचते ही प्रबोध और मैत्री को एक विचित्र-सी नर्मी और गर्मी, सुख तथा आनन्द का अनुभव हुआ, जब प्रबोध ने अपनी मस्ती-भरी आखों से मैत्री की ओर देखते ही अपने पंख उस पर फैला दिए और बोला, "रानी ! हमने कितनी दुनिया देखी है.....कितने युग......कितने देश.... पर इस धरती पर एक ऐसा देश भी है जो सबसे श्रेष्ठ है।"

"पंजाब।" मैत्री नीचे मैदानों की ओर देखते हुए कह उठी।

"तुमने कैसे बूझ लिया ?" प्रबोध ने आश्चर्यचकित-सा होकर पूछा और उसकी चोंच लाल होने लगी...

मैत्री बोली, "वही तो एक देश है जिसकी धरती में से आठों पहर लोबान[1] की महक उठती रहती है, जिसका स्पर्श बदन में स्वास्थ्य की झरझरी पैदा करता है....."

'हां," प्रबोध ने हामी भरी, उसके पर्वत आकाश के पड़ोसी हैं और धरती की हरी ओढ़नी पर वीरानी रंग का एक भी तो छींटा नहीं..... उसकी नदियां तो एक ओर, पोखर तक

---

१. एक सुगन्धित गोंद

अनुराग से परिचित है......"

"जहां के पुरूष अक्खड़ हैं और स्त्रियां झक्खड़..... वे स्वय ही अपने कानून बनाते हैं और दूसरे ही क्षण विवश हो उन्हें तोड़ डालते हैं और फिर नये कानून गढ़ने लगते हैं। उनसे कोई पाप होने से पूर्व ही देवी माता उन्हें क्षमा कर देती है, क्योकि उन्होंने बहुत कष्ट झेले हैं......उत्तर और पश्चिम से उन पर सैकड़ों आक्रमण हुए लेकिन उन्होंने अपनी फौलाद से भी अधिक कड़ी छातियों को ढाल बना लिया और दुखों की हर एक चोट उन पर सह ली। उन्होंने अपनी माओं-बहनों की इज़्ज़त दे दी—पूरे देश की माओं-बहनों का सत्त्र (शरीर का वह भाग जिसको छिपाना आवश्यक है) गुप्तांग ढांपने के लिए......वे किसी समय भी सोने को मिट्टी में रोल देते हैं और फिर उस मिट्टी को खंगालकर उसमें से कुन्दन पैदा कर लेते हैं—अजीब जादूगर हैं वे......

"न जाने वे किस मिट्टी से बने हैं ! जमती हुई बर्फों और तपती हुई रेतों में वे बस सकते हैं। जहां संसार के अन्य लोग दूसरों की ही नुक्ताचीनी में लगे रहते हैं, वहां पंजाबी ही है जो अपने-आप पर भी हंस सकता है। वह अच्छा मित्र है और बुरा शत्रु है...... जहां भी तुम्हें कुछ लोग ऊंची आवाज में हंसते हुए सुनाई दें, वहां अवश्य ही कोई पंजाबी होगा, क्योंकि वह दुनिया का मातम करने नहीं आया और न ही रूखी दार्शनिकता उसके जीवन का उद्देश्य है.......वह जो भीतर से है वही बाहर से....... उसके जीवन का रहस्य ही यह है कि कोई रहस्य नहीं........."

".....वह एक ऐसा पौधा है जो संसार की किसी भी धरती पर पनप सकता है। उसकी अपनी धरती की विशालता उसकी दृष्टि और उसके हृदय में समा गई है, और हवाओं की मस्ती मस्तक में..........."

"रानी !..... पजाबी कभी नाश नहीं हो सकता। न जाने उसने कौन-सी अमरकथा सुनी है, जिसमें वह ऊंघ भी गया और पी भी गया। पी भी गया और छलका भी गया.......जीवन के रोने-धोने से उसकी तपस्या पूर्ण नहीं होती। हां, हसने-खेलने, खाने और पहनने में ही उसका मोक्ष है......."

राजेन्द्र सिंह बेदी

१. जनवरी, १९६४

एक चादर मैली सी

आज शाम सूरज की टिकिया बहुत ही लाल थी। आज आसमान के कोटले में किसी निर्दोष की हत्या हो गई थी और उसके खून के छींटे नीचे बकाइन के पेड़ पर पड़ते हुए तिलोकें के आंगन में टपक रहे थे। टूटी- फूटी कच्ची दीवार के पास, जहां घर के लोग कूड़ा फेंकते थे। डब्बू मुंह उठा-उठाकर रो रहा था। दोपहर के लगभग बड़ी जैल के कारिन्दे कुत्तों को गोली डालने के लिए आए तो डब्बू बच गया। वह तिलोके के घर कहीं आंगन में पड़ी घड़ौंची के नीचे सो रहा था। ऊपर मुलतानी मिट्टी के घड़े रिस रहे थे और नीचे कच्ची जमीन को ठंडी और सुगन्धित बना रहे थे। और डब्बू उस ठंडक और बू- बास से पूरा लाभ उठा रहा था...कुछ देर में वह उठकर अकड़ा, मुंह खोलकर जमुहाई ली और फिर बाहर चला आया। तब तक उसकी चहेती कुतिया बौड़ी की आंखें कांच हो चुकी थीं।...बौड़ी के पास पहुंचकर, डब्बू ने उसे एक- दो बार सूंघा और फिर अचानक एक ओर चल दिया, जैसे कोई बात ही नहीं। तिलोके की पत्नी रानी और उसकी पड़ोसिन चन्नो एक दूसरी का मुंह ताकने लगीं। चन्नों ने अपनी कोके वाली नाक पर उंगली धरी, फिर एक लम्बी सांस भरी और बोली- "हां ! मर्द की जात...सब एक- सी होती है...।"रानों के भारी पपोटे फड़फड़ा रहे थे, जैसे कोई कपड़ा धोकर सुखाने के लिए उसे छांट रहा हो। फिर कुछ सीलकर आंखें पोंछते हुए रानों ने चन्नों की ओर

देखा और मुस्कराकर बोली- "अड़िये ![1] तेरा डब्बू तो ऐसा नहीं...?"

इसके उत्तर में चन्नो ने रानों को एक मर्दों वाली गाली दी, जिससे फिर आप ही लजाकर अपने घर की ओर भाग गईं। रानो भी अन्दर पहुंचकर काम में जा लगी। साझ के समय जब वह रात की आह और दिन की वाह का कूड़ा फेंकने के लिए बाहर आई तो दोपहर की सब घटनाए भूल चुकी थी। जिस हाथ से उसने कूड़ा फेंका, उसी से झाडू फटकारती हुई वह मुह उठा- उठाकर रोने वाले डब्बू को दुरदुराने लगी- "हात! ... हात मुर्दे ? .....यहा धरा ही क्या है तेरे रोने को ? रोना ही है तो जा, सामने चौधरियों के घर जाकर रो, जहां दौलत के ढेर हैं, मर्दों दी लाम लगी है... !"

चौधरी मेहरबानदास से रानो को जाने काहे का वैर था। शायद इसलिए कि तिलोके रानो के घरवाले को बदमाशी की दीक्षा मेहरवानदास के हाथों मिली थी। फिर गांव की औरतों की अजीब बात- अपने मर्द का कुछ पता नहीं, दूसरियों के मर्दों का खाया-पिया सब मालूम ! रानो अपने तिलोके के बारे में नवाब इक्के वाले या गुरूदास की पत्नी से सुनती तो जल-भुनकर राख हो जाती। राख नहीं-कोयला ! क्योंकि अन्दर से रानो बहुत पक्की थी। तिलोका घर लौटता तो वह उससे लड़ती। उसे नोचती, काटती और फिर आप ही मार खाती हुई एक ओर जा बैठती और सोचती-एक तरह से अच्छा ही है जो बाहर ही गुस्सा निकाल आता है अपना... मेरे जी का जंजाल तो नहीं होता !

इन—सिर्फ इन बातों से रानो को तिलोके के मर्द होने का पता चलता और वह हठ के साथ उसे अपना बनाने की

---

१. अरी

कोशिशों में लग जाती। कोशिशें क्या ? लुण्डे पीपल के नीचे एक सांई बाबा था—जती-सती जिसके सम्बन्ध में यह बात प्रसिद्ध थी कि उसने लोहे का लंगोटा पहन रखा है और वह नहीं जानता कि औरत क्या होती है, यद्यपि चौबीस घण्टे, आठों पहर उसके गिर्द औरतों का ही जमघट रहता। कोई बेटा मांगती, कोई अठराह की दवाई—अधिकांश अपने पुरूष को वश में करने के टोटके ही पूछने आती थीं। अभी कुछ ही महीने हुए, उसने पूरनदेयी ब्राह्मणी को टोटका दिया, जिससे न केवल वह पेट वाली हो गई, बल्कि ज्ञानचन्द, उसका पति, पागलों की तरह उसके पीछे घूमने लगा। रानो भी तिलोके की मार से बचने के लिए उससे एक टोना ले आई और इस ताक में लग गई कि कब तिलोका कच्चा दूध मांगे और वह उसे दूध में घोलकर पिला दे, और फिर पास न आने दे। हां, विनती-चिरौरी करे, पांव पकड़े नाक रगड़े—तब......पर हफ्तों तिलोके ने कच्चा दूध मांगा न पिया !

तिलोका रोज नहीं तो दूसरे-तीसरे मिट्ठे मालटे की एक बोतल चौधरी मेहरबानदास के यहां से लेकर आता था। रानो दुनियाजहान के ऐबों को माफ कर सकती थी, पर शराब को नहीं। वह समझती थी, शराब ऐसी सौत तो दुनिया में नहीं। मर्द चाहे अपना सब कुछ किसी दूसरे पर लुटा आए, तब भी कुछ न कुछ अपने लिए बचा ही रहता है। लेकिन शराब.... ? मां री मां ! उससे इतनी बास आती है कि आदमी मुंह भी पास नहीं कर सकता। ऐसा लगता है कि इस दुनिया में अपना तो कुछ भी नही रहा, सब लुट गया।.........

तिलोका दिन-भर नवाब, इस्माईल, गुरूदास इत्यादि के साथ इक्का हाकता, लेकिन शाम के वक्त नसीबों वाले अड्डे पर पहुंचकर इस ताक में खड़ा हो जाता कि कोई भूली-भटकी सवारी मिल जाए और वह उसे अच्छे खाने, नर्म और गर्म बिस्तर

के लालच में ले जाकर मेहरबान की धर्मशाला मे छोड़ दे। वास्तव में तिलोका सब मेहरबानदास के लिए ही करता था, लेकिन फिर भी बदनामी उसकी अपनी होती थी। उसके हिस्से में आती भी थी तो सिर्फ एकाध चांप और मिट्ठे मालटे की बोतल...

कोटला यात्रा की जगह थी। चौधरी की हवेली के बाजू में देवी का मंदिर था, जो कभी काल भैरव के चुंगल से बचती-बचती उस गांव में आ निकली थी और उस जगह, जहां आज एक मंदिर खड़ा था, उसने घड़ी-दो-घड़ी विश्राम किया था और फिर भागती हुई जाकर सामने स्यालकोट-जम्मू की पहाड़ियों में गुम हो गई थी। ....अब भी किसी धुली हुई सुबह को कोटले से उत्तर-पश्चिम की तरफ देखा जाए तो दूर क्षितिज पर, किसी ऊंट का कोहान-सा नजर आता है—वही वैष्णव देवी का पहाड़ है।

तिलोके ने आज जिस जात्रिन को मेहरबानदास की धर्मशाला में छोड़ा, वह मुश्किल से बारह-तेरह वर्ष की होगी। देवी के पास तो अपने-आपको बचाने के लिए त्रिशूल था, जिससे उसने अन्त में भैरव का सिर काट कर अलग कर दिया, लेकिन उस भोली जात्रिन के पास सिर्फ दो प्यारे-प्यारे गुलाब-से हाथ थे, जिन्हें वह भैरव के सामने जोड़ सकती थी, उनसे आत्मरक्षा न कर सकती थी। फिर शरीर...जैसे तरबूज के गूदे से बना हुआ, जो मेहरबान चौधरी की छुरी से न बच सकता था। शायद इसीलिए उस दिन का सूरज, गुस्से में लाल, अपने रथ के घोड़ों को उधर छांटा इधर चाबुक, इधर छांटा उधर चाबुक लगाता हुआ, सामने खानकाह[1] वाले कुएं के पास फार्म की कपास के पीछे कहीं लोप हो गया था और ऊपर, आकाश पर दूज के कोमल-से चांद को निचुड़ने, पीला होने के लिए

---

१. दरवेशों, मुसलमान फकीरों के रहने की जगह

छोड़ गया था।

धर्मशाला के पास, ठीके वालों के मकान की नई टीप हुई थी। लेकिन अब तक सियाहियों के परे दीवारों के चेहरे पर छंट चुके थे। ईटों का गेरुआ रंग तो दिखाई न दे रहा था, हां उनके बीच का चूना, इतना अंधेरा होने पर भी, सामने हंसता, मुंह चिढ़ाता हुआ नज़र आ रहा था। पुरवा में कोटले के सारे फरवाह, जामुन और बकाइन के पेड़ सनसना रहे थे और तालाब के किनारें बाबा हरिदास वाले लुण्डे पीपल के चन्द गिने-चुने पत्ते एक बेसुरी-सी आवाज़ पर ताल दे रहे थे...

जिस रास्ते पर तिलोका जा रहा था, वह गांव के एक ही बाज़ार और बाज़ार में एक ही आटे-दाल की दुकान के सामने से होकर जाता था, जहां संयोग से एक ही औरत—जेहलम अराइन—अपनी तरकारी देकर उसके बदले गेहूं ले जा रही थी। उसके पास से गुजरते हुए तिलोके ने आवाज दी—

"क्यों जेहलमे...फिर क्या मर्जी है ?"

गांव-भर में ऐसी आवाज़ों की आदी, गरीब की जोरू सबकी भाभी, जेहलम ने तिलोके की ओर घूमकर भी न देखा और झोली में अनाज भरती हुई बोली—"जो तेरी मां की है, तिलोका ! हाय, तुझे पैदा होने से किसी ने न रोका !"

और तिलोका हंसता हुआ निकल गया।

घर पहुंचा तो तिलोके के जुड़वां बेटे अभी तक बकाइन के नीचे, कोयले से लकीरें खींच, बारहगटाल खेल रहे थे। एक ने दूसरे की गलत गोटी मार ली और महाभारत शुरू हो गया। वे बिना समझे-बूझे, बड़ों की ठेठ भाषा में एक-दूसरे को गालियां देने और बाल नोंचने लगे। बाप की आहट पाते ही वे एकदम अपना उर्दू का कायदा लिए, दीये के प्रकाश में बैठ गए। उधर बाप की आवाज़ आई, इधर बड़े ने पढ़ना शुरू किया—"वह देखो उल्लू बोला !"

तिलोके ने मामला समझने के अंदाज में कहा—"मैं सब जानता हूं हरामियों !"

इस पर छोटा जोर-जोर से पढ़ने लगा—"बक-बक मत कर, बक-बक मत कर !"

और तिलोका इस नई शिक्षा को एक असाध्य बीमारी समझकर खामोश हो गया।

इन जुड़वां बच्चों—बन्ते और सन्ते—से बड़ी पहलौठी की एक लड़की थी, जिस का नाम तिलोके और रानो ने हमेशा की सुविधा के लिए 'बड़ी' ही रख दिया था। वह दिन-भर-काम-काज में मां का हाथ बंटाती और जब कुछ न होता तो सबसे छोटे, सालभर के चुम्मू को सिखाने लगती—

'वीर आया खेल के।
मैं मन्न पकावां बेल के।'[1]

वह मुहल्ले की दूसरी लड़कियों के साथ गेंद भी खेलती तब भी वही भैया वही भाभी—

'कोठे उत्ते गन्ना, वीर मेरा लम्मां।
भाबो मेरी पतली, जिहदे नक्क मछली।'

और ऐसे ही आसपास की चीज़ें, गन्ना, वीर, भाभी, नाक की मछली, लुण्डा पीपल, तुरइयां, जेठ...उसकी दुनिया अभी जेठ की कल्पना तक ही फैली थी, लेकिन सब कुछ धुंधला-धुंधला ही था। हां, घर में एक और प्राणी था जो तेजी से समझदार हो रहा था—बड़ी का चाचा, तिलोके का छोटा भाई, रानो का देवर—मंगल ! बेकार और बदकार—दिन-भर इसे छेड़, उसे छेड़, बार-बार अपने तहबन्द को कस...घर आकर यों खाना मांगता, जैसे सब उसीकी कमाई का है, और भाभी रानो भीतर से खुश, बाहर से गुस्से में कहती—"देती हूं मुस्टण्डे ! तेरे ही

---

१. मैं बेलकर बड़ी-बडी रोटियां पकाऊं

लिए तो सब बना है...।"

मंगल पांच- छः वर्ष का बच्चा था, जब तिलोका रानो को मजीठे, उसके मायके से लाया था। रानो के मां- बाप बेहद गरीब थे। शायद इसीलिए उन्होंने चिथड़ों में लिपटी हुई अपनी बेटी का नाम रानो रख दिया था। जब वह बड़ी हुई, बिफरी, तो रोटी-कपड़े के वायदे पर उसके मां-बाप ने उसका हाथ तिलोके के हाथ में दे दिया और स्वय परलोक सिधार गए। रानो को इस बात का बहुत दुख था कि उसका आगा तो जैसे- तैसे है भी, लेकिन पीछा कोई नहीं। कभी तो ऐसा वक्त आ जाता है, जब गिर कर हर औरत पीछे देखती है और जो न देख सके तो आगे भी कुछ नजर नहीं आता। ...रानो जब कोटले में आई तो उसे सास के रूप में मां जिन्दा मिल गई और बाप के रूप में ससुर हुजूर सिंह—और देवर मंगल, जो इतना छोटा था कि बड़ी के पैदा होने पर उसके साथ दूध पीने के लिए मचल गया। कुछ हंसती, कुछ शरमाती हुई रानो ने अकेले में उसे पास बैठाकर कुर्ते में से छाती निकाली और उसकी ओर बढ़ाई तो वह भाग निकला।

मगल को रानो ही ने पाला। दुनिया की नज़रों में वह उसका देवर था, लेकिन रानो की निगाहों में उसका सबसे बड़ा बच्चा। मंगल भी रानो को मां-भाभी ही समझता था या भाभी- मां, नहीं वह सगी मां को ताई क्यों कहता ? तब तो रानो उसके कान भी उमेठ लेती थी, धौल- धप्पा भी कर लेती थी। लेकिन अब पिछले कुछ वर्षों से उसकी दुनिया ही बदल गई थी। न केवल बच्चे चले आए, बल्कि मंगल आंखें दिखाने लगा—तिलोका शराब पीता और. मां जिन्दां कहानियों की क्रूर सास का रूप धारण करते हुए बात- बात पर काटने दौड़ती। इसका असली कारण तो यह था कि आमदनी के रास्ते बन्द हो गए थे।

इधर तिलोका हफ्ते में तीन दिन घर ही पड़ा रहता। उधर हुजूरसिंह की आंखों में मोतिया उतर आया। वह हमेशा चारपाई पर बैठा कानों से देंखने की कोशिश करता और उसकी आंखों के पपोटे सुबह पोखरे में नहानेवाले कबूतरों की तरह फड़फड़ाते रहते।

छुट्टी के एक दिन शाम के करीब तिलोके ने रानो के पास जाकर अपने अरेब के कुर्ते की जेब से एक टमाटर निकाला और उसे रानो की ओर बढ़ाते हुए बोला—"ले, एक प्याज डाल के काट दे इसे।

रानो, जो तरकारी पका रही थी, थम गई। हाथ की करछुली पतीली में डालते हुए वह उठ कर खड़ी हो गई। बोली—"फिर ले आए मेरी सौत को !"

तिलोके ने कुछ झेंपते हुए कहा—"रोज़ थोड़ी होता है, रानो ?"

"रोज़ हो या न हो," रानो कड़क के बोली, "मैं न पीने दूंगी। कहां है तुम्हारी बोतल ?...आज मैं देख तो लूं, उसमें क्या है, जो मुझमें नहीं ?"

तिलोका इसी बात से डर रहा था कि शोर न मचे, लेकिन रानो ने वही बात की। दांत पीसते, झल्लाते हुए तिलोके ने एक दुर्बल-सा प्रयास किया- "कुत्तिए, कंजरिए ! ...मैं तुझसे पूरी लगाम खींच के बात कर रहा हूं और तू है कि छूटते ही हवा के घोड़े पर सवार हो गई।"

"हां... !" रानो बोली, "घोड़े-घोड़ियों पर तो तू ही सवार हो सकता है, कोई दूसरा नहीं। आज मैं इस बात का फैसला करके रहूंगी। इस घर में यह रहेगी या मैं रहूंगी।"

और रानो बोतल ढूढंने चढ़ दौड़ी। देखते ही देखते तिलौके की आंख का पानी मर गया। उसने पीछे से भागती हुई रानो के उ़ड़ते हुए बालो को पकड़ लिया और एक ही झटके

में उसका पटरा कर दिया। ...दीये की लौ एक बार बुझने-बुझने को हुई और फिर सीधी होकर कांपने लगी। बकाइन पर बैठे हुए तिलियर उड़ गए। डब्बू तनकर खड़ा हो गया और फिर कुछ न समझते हुए भूंकने लगा। बड़ी चिल्लाई—"बापू!" बच्चे अंधेरा ढूंढने लगे और उसे न पाकर एक तो घर से भाग गया, दूसरा एक कोने में लगा, डर के मारे मां की जगह 'आं-आं' कह रहा था। ...हुजूरसिंह चारपाई पर से लपका, याचना के स्वर में गालियां देता हुआ—"ओए पापिया, ओए बेशरमा, ओए बेहयावा !" और तन्दूर के ऊपर गिरकर झुलस गया।

पहले हल्ले में रानो बराबर आई। उसने अपनी बत्तीसी तिलोके के हाथ में धंसा दी। तिलोके ने क्रोध से लगभग अंधा होकर उसे दीवार के साथ मारा और वह गालियां दीं जो उसने कभी अपने जानवर को भी न दी थीं। ..."मार डाला, मां को मार डाला !" बड़ी चिल्ला रही थी। और जब दादी बाहर से आई तो बड़ी की सलवार गीली हो चुकी थी। जिन्दां आते ही बोली—"जानती थी, मैं जानती थी, एक दिन यह चाद चढ़ने वाला है... हाय ! यह टपरी वासियों की औलाद...जाने कहां से हमारे घर आ गई... ?"

"तू बीच में मत बोल !" मंगल मां से कह उठा। वह पति-पत्नी की लड़ाई में किसी का भी आना ठीक नही समझता था, और स्वयं एक ओर खड़ा अपने-आपको रोकने की पूरी कोशिश कर रहा था।

"क्यों न बोलूं ?" बुढ़िया बके जा रही थी, " अपनी कमाई की पीता है। इसके बाप कमीने से तो मांगने नहीं जाता ! खुद तो खप गया, यह गल्हिज छोड़ गया हमारे लिए...।"

मां की शह पाकर तिलोका और भी तेज़ हो गया। उसने रानो के कपढ़े फाड़ दिए और उसे बिल्कुल यों कर दिया मानो अभी पैदा हुई हो। वह जोर-जोर से चिल्ला रहा था—"निकल

जा, निकल जा मेरे घर से।"

रानो बेदम-सी होकर कहे जा रही थी—"मैं नहीं रहूंगी...मैं आप ही नहीं रहूंगी।"

कच्ची दीवार के पास कुछ अजनबी-से चेहरे उभरे। उधर, कोठे पर कुछ औरतों के साये-से चले आए—

"मार डाला।"

"अणियों, मार डाला !..."

"हाय नी, कोई बचाओ !..."

"हाय-हाय नी, यह राक्षस !..."

ऐसी ही आवाज़ें आ रही थीं। सभी ऊपर कलेजा थामे खड़ी थीं। नीचे आके, रानो को छुड़ाने का साहस किसीको न था। तभी कोठे-कोठे होती हुई जेहलम, उसकी बेटियां, पूरनदेयी, ब्राह्मणी, नवाब की बीबी आयशां, चन्नो, विद्या, सरूपो सभी पहुंच गईं। लेकिन उन सबमें से केवल चन्नो चिल्ला रही थीं—"छुड़ाओ वे...वे कोई छुड़ा...।"

"खबरदार ! जो किसी ने छुड़ाया।" रानो ऊपर देखते हुए चिल्लाई—"तुम सब जाओ...जाओ...तुम...क्या तुमको नहीं पड़ती ?" और फिर बोली, "आज जो होना है, हो जाने दो एक बार...आज देवी के कोटले में बड़ा पुन्न होगा। आज मैं इसके हाथों मरूंगी, स्वर्ग को जाऊंगी...आज मेरे बच्चे मुझे रोएंगे..."

रानो ओरतों को भगा रही थी, बुला भी रही थी

कहां तो मंगल बड़े संयम से चुपचाप खड़ा सब कुछ देख रहा था और कहां अब सहसा लपक कर उसने बड़े भाई का हाथ पकड़ लिया और मोटी-सी मां की एक गाली देते हुए बोला—"ला... अब ला हाथ नीचे कि एक औरत पर ही खत्म हो गई सारी शहज़ोरी ? हिल, हिल, अब अपने बाप का है तो...!"

तिलोके ने मंगले की मज़बूत पकड़ से अपना हाथ छुड़ाने

की चेष्टा की। कुछ बोलने-बकने लगा, लेकिन मंगल की निगाहों में खून देखकर खामोश हो गया। मंगल ने इसी पर बस नहीं की। आगे बढ़कर उसने ज़ोर से बोतल-को ठोकर मारी और वह टूट गई। शराब की दुर्गन्ध लपकी और मुंडेर पर खड़ी औरतें छिः छिः करती, नाक पर कपड़ा रखती हुई पीछे हट गई और कुछ देर बाद चली गई। फिर, तिलोके को यों ठस्स होते देखकर मंगल ने खुंद ही उसे छोड़ दिया और वह—तिलोका—बकता-झकता हुआ अन्दर कोठरी की तरफ चल दिया। अब उसकी गालियों में पत्थर नही बिनौले थे, जो हौले-हौले दिमागों पर लग रहे थे। उनमें पहली-सी अनायासता की जगह ऐसा लग रहा था, जैसे वह जबान से नहीं, किसी किताब से कुछ पढ़कर सुना रहा है।... रानो अन्दर जाकर एक ट्रंकी में कपड़े डालने लगी। वह जा रही थी। कहां जा रही थी, यह उसे भी मालूम न था। वह बस जा रही थी। ...बेटी तो किसी दुश्मन के भी न हो भगवान ! ज़रा बढ़ी कि मां-बाप ने ससुराल ढकेल दिया। ससुराल वाले नाराज़ हुए तो मायके लुढ़का दिया। हाय ! यह कपड़े की गेंद... अपने ही आसुंओं से भीग जाए तो फिर लुढ़कने योग्य भी नहीं रहती...

कपड़े थे ही कितने। पल-भर में ट्रंकी तैयार हो गई और रानो कोठरी से बाहर आती, स्वय रोती, दूसरों को रूलाती हुई बोली—"लो जी, संभालो अपना घर ! यहां एक मैं ही मेहमान थी न सो जा रही हूं। तुम ले आना किसी को जो करे-मरे भी और तुम्हारी गालियां भी सुने। मार खाए और हड्डियां भी तुड़वाए...।" और फिर रानो के सामने बच्चे नज़र आ गए। क्रोध और क्षोभ से अंधी होकर जिन्हें वह भूल ही चुकी थी। ..."बच्चे ?" वह आप ही बोल उठी, 'मैं समझूंगी, पैदा ही नहीं हुए। समझूंगी, मर गए..."

बड़ी ने पास आकर दुपट्टे का पल्लू थामते हुए

कहा—"मां !"

रानो ने एकदम झटके से पल्लू को छुड़ा लिया और बोली "परे हट मुर्दिये ! एक दिन तेरा भी यही हाल होगा..." ·

और वह बाहर की अत्यधिक लम्बी-चौड़ी दुनिया की ओर चल दी। अंधेरे के कारण आसमान के तारों के सिवा उसे कुछ भी दिखाई न दे रहा था। ऊपर एक-एक तारा अपनी पृथ्वी जितना बड़ा था और कई पृथ्वी से भी बड़े, जो सामने खड़े आंखें झपक रहे थे...बीच में काली बदली आ जाने से दूज का चांद दो फांक हो चुका था...

मंगल ने पीछे भागते हुए रानो का हाथ थाम लिया और बोला,"भाभी ! कहां जाएगी ?" और फिर घबराया हुआ-सा मां की ओर देखते हुए बोला—"इसे रोको ताई ?"

जिन्दा हाथ झटकते हुए बोली—"जाएगी कहा ? आगा न पीछा .... !'

हुजूरसिंह चिल्लाया—"धीये !..राणिये...!" और फिर अनुमान से ही उसकी ओर लपकते हुए, पास पहुंचकर उसने पीठ पर से अपना कुर्ता उठा लिया और वे छाले, जो तंदूर पर गिरकर झुलस जाने के कारण पड़ गए थे, दिखाता हुआ बोला—"मेरा पिण्डा तो देख बेटा !..."

रानो उबल पड़ी। मुंह पर दुपट्टा लेते हुए बोली—"बापू ! ... तब तक तिलोके का नशा भी हिरन हो गया था। एक अनाथ-असहाय की तरह वह अन्दर से आकर दरवाज़े में खड़ा हो गया और विश्वासहीन आवाज़ में बोला—'जा-जा न, देखता हूं, कहां जाती है !"

"कहीं भी जाऊं, तुझे इससे क्या ?" रानो रोते हुए बोली,"जहां भी जाऊंगी, मेहनत-मजूरी कर लूंगी, अपना पेट भर लूंगी... दो रोटियों के लिए महंगी नहीं किसीको। गांव-भर में कोई जग़ह नहीं मेरे लिए, धर्मशाला तो है..."

"धर्मशाला !" तिलोका चौंक उठा....एकदम आगे बढ़ते हुए उसने रानो की ट्रंकी पकड़ ली और बोला-"चल...मर पीछे... !"

पीछे ?...आगे ?...रानो, स्वाभिमानिनी रानो, बहुत कुछ छीना-झपटी, लेकिन तिलोके की तरह उसकी बातों में भी कोई दम न रह गया था। वह कोई बहाना ही चाहती थी, जिससे वह भी रह जाए ओर उसकी बात भी बनी रहे।...और अब जाने का लाभ भी क्या था ?...बोतल तो टूट ही चुकी थी।

२

हजूरसिह के जलते हुए बदन पर राल लगाने के बाद रानो लौट आई। तिलोका टांगें फैलाये पड़ा कुछ सोच रहा था। सोने से पहले नन्हा एक बार रोया, लेकिन मां ने छाती मुंह में दे दी तो चुप हो गया। तिलोके के दिमाग में अब तक झगड़े के बदले वह जात्रिन घुसी हुई थी और रात-भर घुसी रही। अंधेरे में वह स्वयं मेहरबानदास था और रानो जात्रिन। तिलोके ने उसकी तरफ हाथ बढ़ाया तो रानो ने झटक दिया।

"ही, बच्ची !..बिल्कुल बच्ची !"...तिलोके ने कुछ खीझकर कहा, "तू तो बिल्कुल एक बारह-तेरह बरस की बच्ची की तरह करती है। वैसे ही दुलत्ती झाड़ने लगती है।

फिर तिलोका विनती-चिरौरी पर उतर आया। वह भी उन मर्दों में से था, अंधेरा होते ही जिनकी सारी अकड़ जाती रहती है। उसने उठकर चौखटे में से शिवजी की तस्वीर निकाली, जिसमें वे पार्वती को पास बिठाए हुए थे और सिर की जटाओं से गंगा बह रही थी। रानो के पास तस्वीर रखकर तिलोके ने शिव की दुहाई दी, पार्वती के अमर प्यार की बातें कीं। लेकिन रानो अपनी जगह से न हिली। फिर उसने राधा-कृष्ण की तस्वीर चौखटे में से निकाल ली...वह चौखटे

सहित भी ला सकता था, लेकिन वह हर तस्वीर को चौखटे से निकाले दे रहा था। जैसे वह पिए हुए हो, या ऐसे ही उसके दिमाग पर कोई सनक सवार हो गई हो...कुछ देर बाद चौखटे ही चौखटे रह गए। तस्वीरें बीच से गायब हो गईं।

रानो सुबह उठी तो उसका अंग-अंग दर्द कर रहा था। वह उठना न चाहती थी, लेकिन घर का काम-काज पड़ा था। शाम को किसी ने कुछ न खाया था, इसीलिए रोटी भी जल्दी करनी थी। फिर घोड़ी के लिए दाना भिगोना, उसका साज़ निकालना था।

तिलोका हमेशा की तरह अधमुआ पड़ा था। आंखें भी आधी खुली, आधी बंद। मुंह पूरा खुला हुआ...रानो उसके पहलू से उठकर दीये के पास गई और उसे हाथ में लिए फिर तिलोके के पास चली आई—उसी भावना से, जिससे इन्सान मरे हुए सांप को देखने लौट आता है...

जब तिलोका उठा तो रानो घर का आधा काम कर चुकी थी। उसे देखने से ऐसा लगता था मानो शाम को कुछ हुआ ही नही। उसके हाथ से साज़ लेते हुए तिलोके के माथे पर फिर बल पड़ गए। उसे देखने पर भी यही लगता था मानो कुछ हुआ ही नहीं, न रात उसने माफी मांगी थी, न कान पकड़े थे और न नाक ही से ज़मीन पर लकीरें खींची थीं। यों भी परो वाली कलगी में हवा की एक लहर दौड़ गई और तिलोका बोला—"यह मत समझना, मैं तुझसे डर गया हूं।"

"मैं कब कहती हू ?" रानो ने टालते हुए कहा।

तिलोका इस पर भी चुप न हुआ—"औरतों से वह डरते हैं जो नामर्द होते हैं... आज मैं फिर लाऊंगा मिट्ठे मालटे की बोतल। देखूंगा, तू कैसे रोक लेती है...!"

रानो कुछ न बोली।

हा, दिल ही दिल में उसने सोचा—'आज यह लाया मिट्ठे

मालटे की बोतल तो मैं गले की हौल दिली चबा लूंगी। बारहसिंगे का पूरा सींग पेट में घोंप लूंगी, कुत्ते की गोली खा मरूंगी, जो उस दिन बौड़ी ने खा ली थी...फिर यह कमीना भी ड़ब्बू की तरह एक नज़र मुझे देखकर छोड़ देगा। एकाध ढाड़ तो मारेगा ही। मेरे लिए नहीं तो अपने बच्चों की खातिर। नहीं, नहीं...किसी का क्या जाएगा ? मर ज़ाएगी मां-बाप की बेटी ! पर मां-बाप कहां हैं ?...आगा न पीछा...मैं नहीं मरूंगी ! सास खुश होगी, कहेगी—सस्ते ही में जान छूटी...

तभी मंगल अपनी अलबेली चाल में पास से गुजरा। भाई के पास पहुंचा तो गैरों की तरह एक-दूसरे को देखने-गुर्राने लगे :

"तैयार हो गया है पट्ठा !" तिलोके ने कहा और फिर आप ही दुम दबाकर अंदर भाग गया।

मंगल ने कोई जवाब न दिया और बाहर निकल गया। बड़ी मां-बाप को एक-दूसरे के पास आते देखकर आंगन की तरफ खिसक गई और छोटे भाइयों को मदरसे के लिये तैयार करने लगी। दूसरी कोठरी में रात-भर कराहता, जागता हुआ हुजूरसिंह कहीं पिछले पहर टिक गया था। जिन्दां दबे स्वर में जपजी साहब का पाठ कर रही थी...।

कुछ देर बाद इक्का सवारियों सहित घर के सामने खड़ा था और रानो हमेशा की तरह चार मोटी-मोटी रोटियां एक मैले घी में बसे हुए कपड़े मे लपेटकर तिलोके को दे रही थी। रानो ने एक नज़र इक्के की ओर देखा, जहां बारह-तेरह बरस की एक लड़की कुछ होश और कुछ बेहोश की अवस्था में बैठी थी और चौधरी मेहरबानदास के 'कामे' उसे थामे हुए थे और शहर ले जा रहे थे। रानो ने हैरानी से पूछा—' कौन है ?.. क्या हुआ इसे ?"

"मिर्गी !" तिलोके ने जबाव दिया। वह घोड़ी की पेटी

का बकलस लगा रहा था।

रानो ने नाक पर उंगली रखते हुए कहा—"मिर्गी ?"

"हां।" तिलोका बोला, "जो हर औरत को पड़ती है। रात तुझे भी तो पड़ी थी, जिसका इलाज जूता है।" और फिर अंदर ताक की तरफ इशारा करते हुए बोला, "या वह छांटा, जो मैं आज लौटकर तुझपर तोडूगा। कल ही नत्थू ने उस पर सान चढ़ाई है।"

रानो की टांगे कांपने लगीं। तिलोके के जाते, दृष्टि से ओझल होते ही उसने पहला काम यह किया कि छांटे को ताक पर से उठाकर अंदर भंडारे में ले गई ओर उसे कौलकी में गेहूं के नीचे, बहुत नीचे छुपाकर रख दिया।

अभी दोपहर भी न होने पाई थी कि सामने शामिलात "परती" की ओर से कुछ आदमी दौड़े हुए आए, जिनमें नवाब इस्माईल इक्के वाले भी थे। पूरनदेयी के पति ज्ञानचंद और चक्की के मालिक दीवान के पास पहुंचते हुए नवाब ने कहा—"ओय पंडिता ! सुना तूने ?" और फिर अपना मुहं पंडित के कान के पास करके कहा। और फिर सब मिलकर खुसर-फुसर करते तिलोके के घर की ओर देखने लगे।

तभी जेहलम का दामाद मुरादवख्श दुकान पर से एक हाथ में तराजू और दूसरे में दो-सेरी पकड़े हुए आया और शाही—जाट—को खानकाह वाले कुंए पर जाने से रोकने लगा। फिर उसने शाही के निकट जाते हुए कुछ कहा और अन्त में वे भी दूसरों के साथ मिलकर तिलोके के घर की ओर देखने लगे...रानो दरवाजे में खडी उन सबके देखने को देखने लगी...

चन्नो, जो रानो से रात की सुलह के बारे में पूछने आई थी, उसे झिझोड़ रही थी—"बता, बता फिर क्या हुआ ?"

रानो ने उसका ध्यान सामने खींचा और बोली—"हाय

नी...आज इन मर्दों को हुआ क्या है ?"...सबके सब इसी तरफ देख रहे हैं...।"

"हां," चन्नो ने कहा, "जानती है क्यों ?"

'क्यों ?

"रात मार खाके, हड्डियां तुड़वाके तू और भी निखर गई है न !"

"रण्डिये...खसम खाणिये।" रानो ने चन्नो को चोटी से पकड़ते, खींचते हुए कहा। और फिर दोनों एक-दूसरे के कूल्हों में चप्पे देने, किलकारियां मारने लगी।

रानो की खुशी का ठिकाना न रहा, जब उसने चौधरी मेहरबानदास और उसके भाई घनश्याम को हथकड़िया लगे, बाजार से गुजरते देखा। लेकिन...साथ ही अठारह-उन्नीस वर्ष का एक नवयुवक भी था, जिसके कपड़े खून से तर-बतर थे। उसके मुंह, सिर, हर जगह खून ही खून दिखाई दे रहा था और वह कुछ होश, कुछ बेहोशी की अवस्था में नंबरदार तारासिंह और हवलदार जहानखां के सहारे आगे बढ़ रहा था। मेहरबानदास का रंग एकदम सियाह हो जाने से उसके कानों में पड़ी नन्तिया चमकने लगी थी। घनश्याम के माथे पर बड़े-बड़े नील पड़े हुए थे और साफा यों गले में पड़ा था, जैसे उसे बांधने का समय ही न मिला हो या फिर लड़ाई-झगड़े मे खुल गया हो।

"शुक्र है," रानो बोली, "मैं तो आज गुड़ बाटूंगी चन्नो ! हर किसी के दामाद बनने की जगह आज ये सरकार के जमाई बने हैं।"

चन्नो ने कोई उत्तर भी न दिया था कि रानो ने नाचते, ताली बजाते हुए कहा—"मैं तो आज नाचूंगी, गिद्धा[1]

---

१. पंजाबी औरतों का नाच जिसमें वे नाचती हुई तालियां बचाती हैं।

डालूंगी....।" और फिर दरवाजे ही में से मन्दिर के कलस की ओर देखते, उसकी ओर हाथ जोड़ते हुए वह बोल उठी-"शुक्र है, देवी मां...आज तूने सुन ली मेरी... आज का दिन तो धन्य हो गया मेरे लिए..."

तभी तिलोके का इक्का दिखाई दिया। लेकिन...उसे गुरुदास चला रहा था...!

"हाय नी ! रानी ने चन्नों से कहा और फिर उसी ओर देखने लगी।

इक्के के अन्दर कोई लेटा हुआ था। रानो ने सोचा—शायद उसी मिर्गी वाली लड़की को कुछ हो गया। फिर सब सवारियां मिलकर उस लड़की को उतारने लगीं। जब उसे पास लाकर उसके मुंह पर से कपड़ा हटाया गया, तब रानो एकदम चिल्लाई—"नहीं !" और वह अन्दर की ओर भाग गई, और चन्नी सिर और छाती पीटती हुई अपने घर की ओर !

तिलोका का कत्ल हो गया था !...खानकाह वाले कुएं के पास उस तरूणी जात्रिन के बड़े भाई ने उसे पकड़ लिया था, उसके गले में दांत गाड़ दिए...और...उस समय छोड़ा जब उसके बदन में खून की एक भी नमकीन बूंद न रही...।

जिस समय लोगों ने उसे पकड़ा, वह युवक विक्षिप्तावस्था में आंखें फैलाए, दोनों हाथों को ऊपर उठाए, मन्दिर के कलस की ओर देखता हुआ एक धार्मिक आवेश, एक अजीब-सी पागलपन की अवस्था में चिल्ला रहा था—"तेरे निमित्त...हे देवी मां ! तेरे निमित्त !"...और लोग मारते-धाड़ते हुए उसे ले जा रहे थे और वह ऊँचे स्वर में देवी मां की भेंटें गा रहा था :

'माता रानी दे दरबार जोतां जगदियां
मय्या रानी दे दरबार जोतां जगदियां।'

—माता रानी के दरबार में जोतें जल रही हैं ! मय्या रानी के दरबार में जोतें जल रही हैं !...और उन जोतों की चमक,

उसकी फैलती, कांच होती हुई आंखों में चली आई थी। बीच में कभी उसका चेहरा एकदम पीला पड़ जाता और फिर एकदम लाल-केसरी हो उठता। तभी प्रतिक्षण बढ़ते हुए लोगों की भीड़ के साथ वह मन्दिर के पास पहुच गया। फिर उसने कूद-कूदकर, उछल-उछलकर और लहक-लहककर गाना शुरू कर दिया :

'हे मय्या ! तुसीं सत्ते भैणा गोरियां
सिर लाल फुल्लां दियां जोड़ियां
मय्या रानी दे दरबार...जोतां जगदियां'

—ए मय्या ! तुम सातों बहनें गोरी हो। तुम्हारे सिरों पर लाल फूलों की जोड़ियां हैं...और वह अपने खून में बसे हुए कपड़ों को निचोड़-निचोड़कर लहू अपने सिर पर मल रहा था। ऐसा लगता था, मानो देवी की आत्मा उसमें प्रवेश कर गई है और प्रतिशोध की दुर्निवार भावना से अपना रूप कुरूप और आंखें आग भभूका किए हुए यह भैरव या तिलोके की ओर देख रही है...फिर वह दण्डवत् के रूप में मन्दिर के दरवाजे पर लेट गया। फिर उठ खड़ा हुआ...लोग डर से कांपते हुए उसे छोड़कर अलग हो गए। वह चाहता तो उसी विक्षिप्तावस्था में चिल्लाता, भेटें गाता हुआ कहीं भी निकल जाता। लेकिन कुछ देर बाद उसने स्वयं ही अपने-आपको नम्बरदार तारासिंह के हाथों सौंप दिया...यह भी उसके पागलपन का ही एक रूप था...।

आसपास के पन्द्रह-बीस गांव फड़क उठे। कोटले-भर में कोहराम मच गया। बेमौसमे बादलों ने सूरज की आब-ताब कम कर दी और समय से बहुत पहले अंधेरा छा गया। वैष्णवदेवी के मन्दिर के कलस तिलोके के घर के आंगन में झांकने लगे। बकाइन के पेड़ ने पत्तियां समेट ली ओर डब्बू ने रोने, झूंकने की जगह अपनी दुम टांगों में सिकोड़ ली।

हुजूर सिंह की आंखों में परमात्मा ने अकस्मात् रोशनी

दे दी—बेटे की लाश देखने के लिए !...जिन्दां गश खाकर दस-बारह घंटे के लिए चीख-पुकार से मुक्त हो गई ।

रानो बाहर दौड़ी, फिर अन्दर चली आई, फिर बाहर उठ दौड़ी।... उसकी समझ में कुछ भी न आ रहा था। न जाने क्यों, उसका मन अपने सब ज़ेवर, सब कपड़े पहनने को हो आया। वह यह सब करने ही वाली थी कि चन्नो ने पकड़ लिया और उसके हाथ दीवार पर मार-मारकर चूड़ियां तोड़ने लगीं। पूरनदेयी बाहर से मिट्टी की मुट्ठियां भरकर लाई और रानो के सिर पर खाली कर दीं। लेकिन रानो अब तक कुछ न जानी। वह फिर अंदर लपकी और भण्डार में जाकर गेहूं के ढेर में यों हाथ मारने लगी जैसे गर्भवती कुतिया चौं-चौं करती हुई, पंजों से जमीन के पुड़े तक खोद डालती है...रानो ने वही सान छांट निकाल लिया और उसे लेकर बाहर, सबके सामने चली आई और किसी अन्धे जोश से उसे तिलोके की लाश को दिखाते हुए तोड़ दिया और बोली –"ले, मैंने तोड़ दिया तेरा छांटा ! ...बड़ा मुझपर तोड़ने आया था...।"

सब समझे रानो पागल हो गई है। रानो पागल हो गई थी और नहीं भी। बड़ी दीवार के साथ खड़ी पहले ही चीख-पुकार कर रही थी। इसपर रानो ने उसके पास जाकर सिर पर एक दुहत्थड़ जड़ दिया और बोली- "सब पर ओले पड़ते हैं, सबको सीतला निकलती है, सब मरती हैं, एक तू नहीं मरती !"...विद्या ने बीच में आकर बड़ी को छुड़ा लिया। ...उस बेचारी का क्या दोष था ?...दोष क्यों नहीं था ? क्यों वह ऐसे बाप के घर पैदा हो गई जो उसका ऋण चुकाए बिना ही चलता बना ? ...फिर चौखट पर खड़ी होकर रानो ने जी ही जी में कहा—'रो दे, रो दे गश्तिये ? नहीं जमाना तुझ पर हंसेगा।' पर रोना था, जो किसी तरह नही आ रहा था। फिर अचानक रानो को अपने बच्चे किसी और के बच्चे मालूम होने लगे—अपना घर,

किसी का घर... वह फिर अंदर आ गई ताकि प्याज ही कूटकर उसी का पानी आंखों में डाल ले और रो दे—रो दे !... पर इसकी जरूरत नहीं पड़ी। —सामने रकाबी में वह टमाटर पड़ा था, जो तिलोका रात मिटठे मालटे के साथ खाने के लिए लाया था।

अब रानो के बांध टूटे। वह रो रही थी, बैन कर रही थी और सिर पर दुहत्थड़ मार रही थी और गांव-भर की औरतें जार-जार रोती हुई उसे रोक रही थीं...रानो के बैनों ने सातों आसमानों में छेद कर दिये। मंगल चिल्ला उठा—"मां !" और दीवारों के साथ अपना सिर फोड़ने लगा। रानो चिल्ला रही थी—"रानो बन्दिये, तेरा पीछा न आगा !... हाय रण्डिय, तेरी सूरत तो अब बाज़ार बैठने वाली भी नहीं। अब तो तू पेशा करने जोग भी नहीं..."

३

चौधरी मेहरबानदास, उसके भाई घनश्याम और बाबा हरिदास—सबको सात-सात साल कैद-सख्त की सज़ा हो गई थी। साथ ही जात्रिन के बड़े भाई—उस लड़के को भी इतनी ही, क्योंकि नम्बरदार तारासिंह और हवलदार जहानदार खां के पहुंचने से पहले लोग तिलोके की लाश को मौके पर से परे ले जा चुके थे, और वकील-सफाई हत्यारे के सम्बन्ध में 'आकस्मिक उत्तेजना' सिद्ध करने में सफल हो गए थे। लेकिन...बाबा हरिदास को इतनी लंबी सज़ा क्यों ?... उसे इसलिए कि उसका लोहे का लंगोट जीर्ण-जर्जर कपड़े का निकल आया था...।

बाबा हरिदास के लिए इतनी कड़ी सजा सुनकर कोटले की सब औरतें चुप एक-दूसरी के मुंह पर कुछ ढूढने लगीं। पकड़ी गई तो पूरनदेयी, जो सबसे ज्यादा बातें करने की आदी

थी और जिसके मुंह से अचानक 'हां' निकल आई थी और आंखों में आसू ! ...लोग कहते थे—जब तक वैष्णवदेवी का पहाड़, चाहे पचास मील से, कोटले को देखता है, जब तक गांव में मन्दिर की छत्र-छाया है और दया-धर्म वाले लोग तालाब के किनारे उड़कर आ बैठने वाले कबूतरों को दाना-दुनका डालते हैं, कोटले में कोई पाप नहीं हो सकता। होगा भी तो उसकी पूरी सज़ा मिलेगी, जैसा कि भैरव या तिलोके को मिली थी... चौधरियों की हवेली, जायदाद, जमीन वगैरा सब मुकदमें में बिक गए। धर्मशाला पंचायत के संरक्षण में आ गई। उस दुर्घटना के बाद लोग इतने चौकन्ने हो गए कि उनमें से किसी की हिम्मत औरत को सामने से देखने की न पड़ती थी। फिर भी गांव की गज-गामिनिया जब अपनी मस्ती में निक़ल जाती तो सब उन्हें पीछे की तरफ से जाते हुए देखते और नज़रों से उनके उठते-गिरते कूल्हों के ताल देते ; और कुछ देर में ताल देने की भी हिम्मत न रहती।

हुजूर सिंह की हड्डियों में पानी पड़ गया था। वह चारपाई पर बैठा बुढ़िया की गालियां सुना करता। जिन्दां उसे एक दिन रो बैठने की प्रतीक्षा में थी। कोई समय था, जब हुजूर सिंह ने इस औरत को राज करवाया था। बड़े-बड़े शहरों के चिड़ियाघर और तोता महल दिखाए थे। लेकिन अब वह बेकार, असहाय-सा, घर में पड़ा ग्रंथ साहब के नवें महल के शब्द गुनगुनाया करता, जिसमें संसार की निस्सारता की व्याख्या की गई थी और जो हुजूरसिंह को एक अजीब तरह का साहस और संतोष देते थे। जिन्दा दिन-रात के चौबीस घंटे चमका करती। रानो को तो देखते ही साही की तरह, बुढ़िया के शरीर के सारे तकले खड़े हो जाते और वह रानो पर अपनी गालियों के छाजों के छाज खाली कर देती।... "रण्डिये, डायने, चुड़ेले ! मेरे बेटे को खा गई और अब हम सबको खाने के लिए मुंह फाड़े हुए

है। चली जा, जिधर मुंह करना है कर ले। अब इस घर में कोई जगह नहीं तेरे लिए...!"

रानों एक पल के लिए भी वहां न रहती। लेकिन पापी मन, जो एक जाले की तरह बच्चों के साथ लिपटा हुआ था, उसे कुछ भी न करने देता। जितना जिन्दा उसे घर से निकालने की कोशिश करती; उतना ही रानो उसके पांव पकड़ती। ज़िन्दगी में यों एकाएक बेकीमत हो जाने से वह तेजी से ढलने लगी। जो चीज़ें उसके शरीर में कम हो रही थीं, वही बड़ी के शरीर में बढ़ने लगी। प्रफुल्ल—जंगल के फूल की तरह वह ऊपर-नीचे, दायें-बांये, सब तरफ अनायास खिलने लगी। कभी उस फूल की एकाध पत्ती भी गिर जाती तो उसकी जगह दो और निकल आतीं। अपने-आपसे बेखबर वह उछलती-कूदती, चांदनी रात में गांव के लड़कों के साथ खेलने निकल जाती। देर से घर आने पर धान की तरह फटक दी जाती। लेकिन उस पर जैसे कोई असर ही न होता। कुछ गरीबी के कारण और कुछ जान-बूझकर, रानो उसे फटे-पुराने, तेल और बिसांद में बसे हुए कपड़ों में रखती। बाल बनाने की जगह बिखेर देती ताकि किसी की नजर उस पर न पड़े। लेकिन बड़ी की जवानी थी कि फटी पड़ती थी। वह गोरी-चिट्टी थी और पूरो के शब्दों में उस पर किसी 'रंगेज' (अंग्रेज) की बच्ची होने का शक होता था। जब कोई मैली नज़र से बड़ी की तरफ देखता तो रानो मरने-मारने पर तुल जाती और फिंर सब बातों से निबटकर पुकार उठती :

गोरा रंग न देयीं वे रब्बा
सारा पिंड वैर पै गया[1]

रानो जितना बड़ी को छिपाने की कोशिश करती, उतना

---

१. गोरा रंग न देना भगवान, सारा गांव बैरी हो गया।

ही उसका जीवन उन मैले और फटे-पुराने से कपड़ों में से खुलकर सामने चला आता। वह उस चकित और अबोध बालक के समान था, जो बाजे की आवाज़ सुनते ही अनायास खिड़की में आ खड़ा होता है। बड़ी को यों अनजान और बेखबर देखकर रानो सिर हिला देती और कह उठती—"इस बे-बाप की बेटी का अन्त बुरा है। जिस दिन इस पर नज़र पड़ गई किसी दुश्मन की, यह कहीं की न रहेगी।"...और मारे डर के रानो कांपने लगती। उसे श्वेत प्रदर की बीमारी हो गई और बदन की चर्बी यों घुलने लगी जैसे तत्ते तवे पर मक्खन की डली घुलने-पिघलने लगती है...

रानो के हिसाब से बड़ी दिन-दिन अपनी तकदीर की तारीख के नज़दीक पहुंच रही थी। अब के माघ की संक्रान्ति से रानो को बड़ी के 'नहाने' का हिसाब रखना पड़ रहा था। कहीं दो दिन भी इधर हो जाए तो रानो उससे अजीब तरह के उल्टे-सीधे सवाल पूछने लगती—"तीसरे पहर को तू कहां थी ? फिर ईशरां के यहां से कहां गई ? मन्दिर में कौन-कौन मिला था ? क्यों तू पुरोहित से गुरूमंत्र लेने बैठ गई ? जानतीं भी है, यह मंत्र तुझे ...कहां पहुचाएगां ? भूल गई बाबा हरिदास को ?"...फिर वह सावधानी के तौर पर घर में काढ़ा ला रखती-'झूट' और 'अधर्म' को उबाल फेंकने के लिए। जब कहीं धड़कते, फड़कते हुए इन्तज़ार के बाद यौवन के बूटे पर कोई नया अनार का फूल खिल उठता तो रानो की जान में जान आती और वह बड़ी को जल्दी से जल्दी घर से निकाल देने की सोच में लग जाती। लेकिन घर में तो बीस कौड़ियां न थीं उसे विदा करने, अपने घर भेज देने के लिए। ...फिर रानो सोचती—वह स्वय भी तो खाली रोटी-कपड़े के वायदे पर चली आई थी। लेकिन—पापी परमात्मा ने जब उसकी बच्ची को जिन्दगी की ससुराल में भेजा तो रोटी-कपड़े का भी वायदा

न किया।...गांव के नौजवान लड़के, हर दूसरे-तीसरे शाम डस्का जाकर सिनेमा देखने वाले हरामी, बहन और औरत में तमीज करने के योग्य न रहे थे। इतना तो उन्हें समझना चाहिए था कि कोटले की सब लड़कियां उनकी बहनें हैं और औरतें माएं हैं। इस पर भी रानो उनमें से किसी के हाथ में बड़ी का हाथ दे देती और स्वयं इस सारे हिसाब-किताब, इस डर और शंका से मुक्ति पा जाती। लेकिन वे लुच्चे, वे बदमाश, शोहदे, सबके सब मेहरकरमदीन के बाग मे से खट्टे तोड़, कुछ खा, कुछ फेंककर भाग उठने वालों में से थे। उनकी रखवाली करने वाला कोई न था।...जाने बड़ी की किस्मत में वैरोवाल था या डस्का, बुड्ढा गोराया या जामकी—या दूर, लाहौर, पेशावर...? रानो बैठी सोच के गजों से जुदाइयों के फासले नापती और फिर कुछ अजीब-सी क्रिया से खींच-खींचकर उन्हें सिकोड़ती, छोटा कर लेती। इस पर भी उसे झुरझुरियां आतीं। बड़ी की मदद से वह उसके दहेज का कशीदा काढ़ती हुई गुनगुनाने लगती :

'सम्भना साहुरे चल्लना
सभ मुकलावन हार'[1]

लेकिन—उसका अपना गौना ?...उसकी अपनी ससुराल ? जो अब मायका हो चुकी थी...दिमाग और कशीदे की इस उधेड़बुन में रानो यह भी भूल जाती कि वह गीत ज़िन्दगी का नहीं, मौत का था...

फिर जैसे अपने-आप, एकाएकी रानो की सेहत ठीक होने लगती, शरीर में एक अजीब तरह का तनाव पैदा हो जाता, जो उसके दिमाग तक की डोरियां खींच डालता और रानो का मन, ससुराल जाने के लिए तड़पने लगता। रानो जब से कोटले

---

१. एक दिन सबको अपनी ससुराल चले जाना है। एक दिन सबका गौना होगा।

में आई थी,.तिलोके ने उसे ससुराल के बारे में सोचने का मौका ही न दिया था। ससुराल नाम होता है सात पर्दों में लिपटी-लिपटाई आने वाली दुल्हन का; उसके स्वागत के लिए घर की चौखट पर सरसों का तेल गिराने का; पीछे बाजों, आगे नज़रों के ठट्ठ का; सास के चाव, ससुर के मल्हार का; 'गानी' खेलने का, बर्तन बदलने का; मुंह दिखाई और फिर रात मोतिया या करने के फूलों का; दीये की रोशनी में सिमटने और फिर खुल जाने का; एक कठोर बर्बरता के साथ-साथ एक अथाह ममता का—लेकिन तिलोका जहां उसे हर रोज़ दलता, रौंदता हुआ ले जाता था, वह तो ससुराल न थी, जिसमें हर लड़की शादी के बाद जाना चाहती है, हर औरत विवाह के बरसों बाद भी जाना चाहती है। रानो सहसा ससुराल और गौने के लिए जाग उठी। लेकिन ससुराल और गौने तो उसकी बेटी का होने वाला था। न जाने अपना या बेटी का—बेटी का—अपना...और रानो का वही गीत एक बैन में ढल जाता, जिन्दां की गालिया और दुर-दुर जिसे और भी करूण बना देती और वह गाने लगती :

'चिच्चर वसे सहेलड़ी
जिच्चर साथी नाल'

—सहेली उसी समय तक बसेगी जब तक साथी उसके साथ रहेगा। शरीर उस समय तक काम करेगा, जब तक प्राण उसका साथ देगा।

इस पर वह औबाश—मगल—और वही उसका नसीबों वाला अड्डा। मंगल ने बक्की पर साज लादना तो सीख लिया था, लेकिन अपने घर की ज़िम्मेदारी का जुआ न पड़ने दिया। आमदनी पहले से भी कम हो गई। जिन्दगी में अनायास चौंकर्कर जागा हुआ मंगल भावनाओं और वासनाओं के जंगल में खो गया। अभी वह जिन्दगी की ऊंच-नीच से अच्छी तरह वाकिफ न हुआ

था, लेकिन बात क्या है, इसका अहसास उसे था। जब भी कोई लड़की उसके सामने से गुज़र जाती, तो अपने-आप ये बोल उसके होठों पर आ जाते :

'नशे दीये बन्द बोतले
तैनूं पीनगे नसीबां वाले"[1]

और नसीबों वाले अडडे पर इक्का हांकने वाला मंगल एकदम भूल ही जाता कि घर के प्रति उसका कोई कर्तव्य है, जहां सब लोग अब एक ही जून का खाना खाने लगे हैं।

उन्हीं दिनों जेहलम अराइन की छोटी बेटी सलामते से मंगल की राह-रस्म हो गई। सलामते ने न केवल तरकारी—भिण्डी बैंगन और तरोई पर हाथ-पैर निकाल लिए थे, बल्कि उसका पूरा बदन बबेल पर लगी लौकी की तरह हरा-भरा और नर्म था। इस पर भी वह हवा के मामूली-से झोंके के साथ जामुन और बकाइन तो एक तरफ, कांटेदार बबूल से लिपटी पड़ती थी। एक दिन उसने राह चलते मंगल को टोका—"अड़िया मंगल !"

मंगल, जो इक्का लेकर निकल रहा था, घोड़ी की लगाम खींचकर रूक गया और सलामतें की तरफ मुंह उठाकर देखने लगा। सलामते ने पास आकर आंखें मटकाईं और बोली, "हाय-हाय वे अणियां, एक बार मुझे भी सैर करवा दे।"

"क्यों नहीं सलामते !" मंगल ने हामी भरी, "बांदी किस की और गहने किसके ?"

"कब कराएगा ?"

"जब तू कहे..."

सलामते आगे-पीछे देखकर बोली, "आज की रात..."

"ही," मंगल ने कहा, "मेरा इक्का रात को नहीं

---

१. ऐ नशे की बन्द बोतल, तुझे नसीबों वाले पिएंगे।

चलता...?"

और वह बक्की-अपनी घोड़ी को चाबुक लगाकर चल दिया। जब वह 'सतराह' के रास्ते पर दो-तीन कोस निकल गया, तब सलामते की बात के अर्थ उसकी समझ में आए। वह गांव की ओर मुड़ने ही लगा था कि सवारियां अलफ हो गईं। फिर यह सोचकर कि अभी तो रात होने में आठ-दस घण्टे हैं, वह सतराह के रास्ते पर चल दिया। घोड़ी को चाबुक लगाते और कहते हुए-"चल मेरी बक्किये ! शहरो-शहर !..."

शाम को मंगल घर पहुचा तो अपने उस छोटे-से दमिश्क का अकाल[1] देखकर सारा इश्क भूल गया। सुबह से खाना न पका था। बड़ी ने कुछ चावल उबाले थे, लेकिन भूखी रानों ने उन्हें थाल में डाला और बिना नमक मिर्च के निगल गई। सूखे ही खा गई। सास-ससुर तो एक ओर, उसने अपने बच्चों को भी न पूछा था और अब जिन्दां उसे धक्के दे-देकर बाहर निकाल रही थी और रानो पत्थर बनी मार खा रही थी। वह चाहती तो एक ही हाथ से बूढ़ी जिन्दां के शरीर का सम्बन्ध उसकी आत्मा से तोड़ देती, लेकिन वह चुप थी और एक अनजाने डर से कांपे जा रही थी।

...मंगल इस दृश्य को देखकर, अपराधी के से भाव से बकाइन के नीचे खड़ा हो गया। आज उसने सिर्फ तेरत-चौदह आने बनाए थे जो घर में नोन-तेल के लिए भी काफी न थे। उसे उलटी तरफ की एक सवारी मिली तो थी, जो रूपया-सवा रूपया देने को तैयार थी, लेकिन - सलामते के लालच में वह लौट आया था।

मंगल ने जिन्दां के हाथ रोकते हुए कहा-"ताई !"... क्यों

---

१. शेख सादी ने एक शेर में लिखा है कि जब दमिश्क में अकाल पड़ा तो लोग इश्क करना भूल गए।

तू रोज इस गरीब से ऐसा सुलूक करती है ? क्यों रोज मारती, धक्के देती है ? आखिर कहां जाएगी बेचारी ?"

रानो, जिसे अपने पति के मरने पर रोना न आया था, एक दम बिलख उठी और थोड़ी ही देर में वह अपने आंसुओं के सैलाब में यों डूब गई कि लुढ़कने जोगी भी न रही। वह रो रही थी और कह रही थी- "मैं क्यों जाऊं ? यह मेरा घर है- क्या नहीं किया मैंने इसके लिए ? बेटे नहीं जने कि बेटी नहीं जनीं..."

मगल बोला, "कसूर भाभी का नहीं, मेरा है।"

"तेरा क्यों हो ?" जिन्दां कड़की, "जो औरत अपने बच्चों की नहीं, वह और किसकी होगी ?" और फिर रानो की ओर मुंह कर, हाथ जोड़ते हुए वह बोली, गुरू के लिए, भगवान के लिए देवी मां के लिए- तू अब जा, मर- खप ले ! जो अन्धा- काना मिलता है, कर ले...यहां से मर ले...!"

रानो उठी। मुड़ती हुई उसने जिन्दां को ऐसी दृष्टि से देखा, जैसे कह रही हो- तू तो जननी है मां ! जगत- माता है। तू तो मुझे न दुतकार। जैसे- तैसे भी है, मुझे रख ले। मेरा इस दुनिया में कोई नहीं। और इसी डर से वह सबके हिस्से का खा गई थी। अब उसकी समझ में न आ रहा था कि इस घर में रहे तो कैसे ? बच्चे अब पल चुके थे, बड़े हो चुके थे, और कायदे से वह तिलोके के थे, उसके थोड़े ही थे ! सास, ससुर गांव, पंचायत के लोग उनको ले जाने भी देते तो वह ले के कहां जाती ? आप भी भीख मागती, उनसे भी भीख मगवाती ? फिर - बन्ता, सन्ता और बड़ी ? हर एक से वह एक ही सा प्यार करती थी। अब भी वे उसकी देख रेख के मोहताज थे। एक को छोड़ने की सोचती तो दूसरी पसली में दर्द होने लगता। और वह सब- इतने छोटे न थे कि साथ ले जा सकती, इतने बड़े भी न थे कि छोड़ सकती।...सास के उठते जूता, बैठते लात

के व्यवहार से रानो भी अब यही समझने लगी थी जिस औरत का पति मर जाए, उसे उसके घर में रहने का कोई हक नहीं, इस दुनिया में रहने का कोई हक नही।

उसकी यह दुर्दशा देखकर एक सुबह चन्नो आई और गले में बांह डालकर उसे अपने घर ले गई। साग के साथ मक्की की रोटी खिलाई; जो रानो ने इस डर से थोड़ी खाई कि फिर न मिलेगी। और फिर चन्नों मोढ़ा सरकाकर रानों के पास बैठ गई और बोली- "देख बीबिये, मैं तुझसे एक बात कहती हूं जो माने तो..."

रानो ने चन्नो की ओर देखा। चन्नो कहने लगी, "यह जिन्दां बन्दी, यह सास तेरी तुझे जीने न देगी, इस घर में बसने न देगी। यहां रहने का एक ही तरीका है..."

"क्या तरीका ?" रानो ने जानने से पहले ढाढ़स पाते हुए कहा।

"वह यह कि तू...मगल से शादी कर ले, चादर डाल ले उस पर..."

"नहीं !" रानो एकदम खड़ी हो गई, "यह तू क्या कह रही है चन्नो ?"

"ठीक कह रही हूं...जब बड़ा भाई पूरा हो जाए तो..."

"यह नहीं हो सकता।" रानो ने कहा और उस पर एक कंपकंपी सी छानें लगी- "मंगल बच्चा है। मैंने उसे बच्चों की तरह पाला है...उम्र में मुझसे कुछ नहीं तो दस-ग्यारह साल छोटा है... नहीं, नहीं, मैं तो यह सोच भी नहीं सकती।"

और रानो भाग गई...

मंगल बक्की के लिए दाना ले जा रहा था, जबकि रानो घर लौटी। अन्दर जाते हुए रानो ने मुड़कर एक नजर मंगल की ओर देखा और फिर सहसा मन ही मन नहीं, नहीं, नहीं, नहीं, कहती हुई अन्दर चल दी। खुद को झिंलगे में गिराकर

मुंह छिपा लिया और रोने लगी।

कुछ क्षण बाद मंगल साज लेने के लिए आया। आज वह जल्दी निकल जाना चाहता था, ताकि घर में चावल ही नहीं गेहूं भी आएं और मोटी-मोटी रोटियां पके जैसी कि पका करती थीं और जिनसे वास्तव में पेट भरता था। चावलों का क्या था ? वह सीधे पेशाब के रास्ते से निकल जाते थे और फिर पेट खाली, रब्ब वाली... ! हो सके तो एकाध तरकारी भी हो जाए, जिसके स्वागत के लिए मुंह की सड़क पर अभी से छिड़काव होना शुरू हो गया था। कुछ न हो तो रोटी के साथ प्याज ही सही, या फिर लहसुन की कुछ तरिया। विद्या के यहां से लस्सी आ ही जाएगी। और उसमें नमक और लाल मिर्च डालकर रोटी खा ली जाएगी।...इन सब बातों से जबान और तालू मिलकर अभी से चटाख-पटाख करने लगे...एक हाथ से साज का गोरख-धंधा समेटकर मंगल ने रानो की तरफ देखा और बोला-"कलगी कहां है घोड़ी की ?"

रानो एक झटके से उठी। पहले तो उसने सीधे मंगल की ओर देखा और सहसा घबराकर दूसरी तरफ झांकते हुए बोली-"बच्चे तो गए मदरसे।"

मंगल ने हैरानी से रानो की तरफ देखा और कहने लगा, "हद हो गई। मैं चित्तर-मित्तरी वक्की की बात कर रहा हूं और तू बच्चों की !"... और फिर यह देखने के लिए कि रानो को हुआ क्या है, उसने आगे बढ़कर उसे छू दिया।

रानो बिजली की सी तेजी के साथ खड़ी होकर चिल्लाई-"मत हाथ लगा मुझे।"

मंगल ने घबराकर हाथ खींच लिया और अपनी उंगलियों की पोरों को देखने लगा। फिर उसे कलगी मिल गई, जिसे साज में टिकाते हुए बोला-"इतनी सयानी, इतनी समझदार होकर अब तक रात की बात लिए बैठी है ?" और फिर वह बाहर निकल

गया।

रानो उठकर दरवाजे तक गई और पीछे से मंगल को जाते देखती रही; और हीर गाते हुए मंगल की आवाज तीव्र से मद्धिम होती रही-

'हीर आखिया, जोगिया झूठ बोलें
कौन रूठडे यार मनांवदा ए
ऐसा कोई न डिट्ठा मैं ढूंढ थक्की
जेहड़ा गयां नूं मोड़ लियावदा ए'

-हीर ने कहा, 'ऐ जोगी ! तू झूठ कहता है। रूठे यार को मनाता है ! मैं ढूंढती थक गई-ऐसा कोई न देखा, जो जाने वालों को वापस ले आए...

४

चन्नो ने पूरनदेयी से बात की। पूरनदेयी ने अपने पति ज्ञानचन्द से, जो गांव का सरपंच था और उस समय कोटले की झगड़े वाली जमीन के टीले-टिब्बे खुदवाकर, नीची जमीन पर मिट्टी डलवाते हुए उसे बराबर कर रहा था। उसने पूरो से मंगल के घर की हालत सुनी तो बोला-हां, हां, ठीक है...रानो बेचारी अब कहां जाएगी ? क्या करेगी? और फिर कुछ सोचते हुए बोल उठा, मगर मगल तो रानो से बहुत छोटा है..."

'तो क्या हुआ ?" पूरो बोली-"उसे कौनसी हीर मिल जाएगी ? घर में खाने को नहीं, बदन पर कपड़ा नहीं। दोनों का काम हो जाएगा, दोनों सुखी हो जाएंगे।" और फिर गांव के सरपंच को डराने के लिए वह कुछ और भी अपने पति के पास चली आई और कहने लगी-"तुमने सुना, सलामते से उसका...?"

"नहीं, नहीं...नहीं तो।"

"मैं तो कहती हूं, "पूरो फिर कहने लगी, इन अराइयों-मुसल्लों को गांव से निकाल ही देना चाहिए।...यह जेहलम और उसकी तीनों बेटियां, जो ब्याहता हैं वो भी और जो अनब्याही हैं, वो भी, सब ऐसे घूमती हैं जैसे कुत्ते पर आई हुई कुतिया..."

"तू बके जाएगी या मतलब की बात भी बताएगी ?" ज्ञानचन्द ने बेसब्री से कहा, "कुछ हुआ भी ?"

"अभी तो कुछ...हां, हो जाएगा।"

ज्ञानचन्द क्या उम्मीद लेकर सुनने लगा था, लेकिन...सब मजा किरकरा हो गया। वह बोला-"कुछ हुआ तो...वही हाल होगा उसका जो चौधरी मेहरबानदास का हुआ-लोहे के लंगोट वाले बाबा हरिदास का हुआ।" पूरनदेयी ने अपनी नजरें बचा लीं।

ज्ञानचन्द भेद-भरी निगाहों से उसकी तरफ देखते हुए बोला-"मत यह समझना, अब के मामले में सिर्फ मर्द ही भुगतेंगे...जब तक औरतें बराबरी का हक नहीं मांगती थीं, ठीक था। अब लें बराबरी का हक।"

"मैं एक बात पूछती हूं।"पूरनदेयी ने कहा, "तुमने जेहलम को धर्मशाला में क्यों बुलवाया है ?"वह अन्दर ही अन्दर हरिदास के नाम का बिस घोल रही थी।

"धर्मशाला में कहां बुलबाया है ?...वह तो मेहर करमदीन के बाग में...।" ज्ञानचन्द ने कुछ हकलाते, फिर तुरन्त ही रास्ता पाते हुए कहा, "मुसलमानी होकर वह धर्मशाला में आ कैसे सकती है ?"

"अच्छा...अब धर्मशाला की जगह करमू के बाग ने ली ?"

"अरे नहीं सौदाइन... उसने बाग के सब केले तोड़ लिए।"

"तुम्हारे बाग के तो नहीं तोड़े ?"

"बाड़ मजबूत थी," ज्ञानचन्द ने मुस्कराते हुए कहा, "नहीं वह क्या कम करती ?"

"बाड़ मजबूत थी या पहले ही आते-जातों ने तोड लिए ?"

ज्ञानचन्द का चेहरा सियाह पड़ गया। पूरो से नजरें बचाते हुए वह बोला, -"अच्छा...तू बात करने आई थी मंगल की।"

"मंगल की नहीं, रानो की।" पूरो ने प्रतिवाद किया।

"रानो की सही।" ज्ञानचन्द बोला, "मैं तो समझता हूं उसे मंगल के साथ चादर डाल ही लेनी चाहिए। यों भी गांव में आई औरत बाहर क्यों जाए ?" इधर-उधर क्यों झांके ?...इसमें गांव के सब मर्दों की बदनामी होती है।"

और फिर मजदूरों की ओर मुंह करते हुए ज्ञानचन्द ने ऊंची आवाज में कहा- "कामयो, गबरूओ ! सब जमीन बराबर कर दो। कहीं भी ऊंच-नीच न रहे..."

और हट्टे-कट्टे जवान कस्सियों और कुदालों से काम में लग गए। उनके जिस्मों पर तेल लगे कसे हुए पट्टे दूर-दूर तक हवा में जलोतियां मारने, रोशनी में चमकने लगे और ज्ञानचन्द सोचने लगा- 'हमारे देश पंजाब में, जहां औरतों की कमी है, क्या मर्दो से उनका हक छीना जाए ? क्यों एक औरत को बेकार जलने सड़ने दिया जाए ?" फिर वह गांव के पंचायत के लोगों से अलग और हजूर सिंह भाटिया बिरादरी से अलग मिलने के लिए चला गया।

मंगल की अनुपस्थिति में कुछ लोग बड़ी को देखने आए थे। बड़ी भोली-भाली, मासूम, कुछ न जानती थी। दादी के कहने पर वह मेहमानों के सेवा-सत्कार के लिए दौड़कर चन्नो के घर से बर्फी ले आई, जिसमें खोया कम था और शक्कर ज्यादा। नफाखोर दुकानदारों ने एक सेर खोये से पांच सेर बर्फी बनाई थी और शहर की यह बीमारी गांव तक चली आई

थी।...वे तीन आदमी थे। एक अधेड़ आयु का, लगभग बूढ़ा–और बाकी दो जवान ! एक तो साफ उस बूढ़े का बेटा मालूम होता था और दूसरा शायद उसका दोस्त था। हो सकता था भाई ही हो, लेकिन शक्ल बाप पर न गई हो। दादी के इशारे पर वह बड़ी को उठते–बैठते, अन्दर आते, बाहर जाते देख रहे थे, निगाहों से तोल रहे थे। नौजवानों की निगाहें तो फिर भी उचटकर पड़ती थीं, लेकिन बूढ़े की सीधी–और जहां पहुंचती वहीं चिपक जातीं। आखिर जब बड़ी नीचे घड़े में से पानी ढालने के लिए बैठी और फैली तो बूढ़े ने बंकारते हुए कहा–"मां !" और फिर बोला–"ठीक है, सब ठीक है।"

उसी समय बड़ी के माथे पर से किसी ख्याल की परछाई गुजरी और इससे पहले कि दादी जिन्दां उसे बाहर जाने का इशारा करती, बड़ी एक ही छलांग में बाहर भाग गई और अपने पीछे एक ऐसी खुशबू छोड़ गई जो तरूणियों ही के बदन से आती है...

हजार रूपये से आते–आते साढ़े पांच सौ पर फैसला हुआ। इस पर जिन्दा को सोचने का मौका देकर अपनी तसल्ली करते हुए वे लोग चले गए। कुटनी दादी ने मौका भी ऐसा तलाश किया था, जबकि रानो गांव की दूसरी औरतों के साथ कपास चुनने गई थी। जिन्दां अब सोच रही थी–यह रकम उन लोगों से लेगी कैसे ? लड़की उन्हें देगी कैसे ? ...रानो से तो पूछना ही पड़ेगा। लेकिन उसे तो वह अपने दिल से, अपने घर से हमेशा के लिए बेगाना कर चुकी थी।

रानो लौटी तो जिन्दां उससे लीपा–पोती करने लगी और जब उसे पास बैठाकर जिन्दां ने उसकी बगल में अपनी बूढ़ी झुर्रियों–भरी बांह डालते हुए कहा–"तू जन्म–जन्मान्तर की बहू मेरी !" तो रानो का माथा ठनका। तभी बड़ी ने बाहर से आते हुए मां को अन्दर आने का इशारा किया, जिसे जिन्दां की लगभग

अन्धी आंखें न देख सकी। रानो उठकर अन्दर गई तो बड़ी ने अपनी सरल भाषा में मां से सब कह दिया। साढे पांच सौ की बात भी सुना दी...वह दरवाजे के पीछे से सब कुछ सुनती रही थी...

रानो बड़ी के मना करने पर भी लपककर बाहर चली आई। वह अपनी औकात, अपनी हिम्मत, उस घर में अपना दर्जा-सब कुछ भूल चुकी थी। वह उस कुड़क मुर्गी की तरह थी, जो अपने अंडो-बच्चों को बचाने के लिए शिकरे और बाज पर भी झपट पड़ती है। - "आज कौन आया था यहां ? ...किसकी हिम्मत पड़ी यह दहलीज फादने की ? मेरी बेटी का सौदा करने की ?..."

जिन्दा एक ना-औरत किस्म के बचाव पर उतर आई- "नहीं धीये, राणिये...वे तो ऐसे ही बात कर रहे थे। हर किसी का मुंह थोड़े ही पकड़ा जा सकता है ?"

"हां, पकड़ा जा सकता है, झुलसा जा सकता है, रानो कोई सुन थोड़े ही रही थी ! उन हरामजादों की जबान काट लेनी थी। मुंह में लट-लट करता हुआ चो[1] ठूंस देना था।... मेरी बेटी जिसकी एक-एक बांह, एक-एक उंगली, एक-एक लाख-लाख की। उसकी एक-एक तक्कनी[2] में सौ-सौ मोखां।[3] लोगों को एक-एक नजर में उमर कैद ..."

"तेरी बेटी है, "जिन्दां बोली, "मेरी भी तो कुछ होती है, मेरी भी तो पोती है ?"

"पोती बहू से होती है। जब बहू ही नहीं तो पोती कैसी ?"

और फिर एक लम्बी-सी, घिसटती हुई खबरदार कहते, हाथ लपकाते हुए रानो अन्दर चली गई। आखिर...वही झिलंगा, वही रोना...'हाय ! अब मैं बेटी को बिकते देखूगीं ! मैं तो सिर्फ

---

१ जली हुई लकड़ी २. नज़र ३ मोक्ष

कुछ ले के नहीं आई थी तो यह दुर्दशा हुई- यह तो बिक जाएगी ! और वे बात-बात पर उसकी हड्डियां तोड़ेंगे नोच-नोच के खाएंगे कहेंगे : तुझे ऐसे ही तो नहीं खरीद के लाए हैं, दाम दिए हैं...'तिलोके के जीवन में यही आखिरी हरबा था रानो का—'दिया तो नहीं दिया- लिया तो कुछ नहीं ! ब्याहकर लाए हो, खरीद के तो नहीं लाए।' और यह मेरी बेटी बिक जाएगी...'

घर में खाने को कुछ नहीं। ब्याह होगा तो कैसे ? एक क्षण के लिए उसे ख्याल आया- आज मेहरबानदास चौधरी होता तो एक ही दिन में वह बेटी का दहेज तैयार कर लेती। और फिर उसे अपने सामने तुरहियां बजाती, नाचती-गाती हुई बरात, सेहरे बांधे हुए दूल्हे को सौंप देती और जब डोली उठती तो दूर खड़ी देखती, रोती, देखती—लेकिन कभी न कहती- बेटी ! तेरे सोहाग के लिए रात एक मा ने अपना सोहाग लुटा दिया ... !

फिर... पांच-साढ़े पांच सौ मिलेंगे तो यह फाफा मुझे थोड़े ही ! आखिर... अगर बेचना ही है तो एक ही बार साढ़े पांच सौ में क्यों ? क्यों न मैं उसे लेकर शहर निकल जाऊं और थोड़ा-थोड़ा करके बेचूं ? लाहौर में सैकड़ों-हजारों बाबू लोग फिरते हैं, जो कुछ देर के दिल बहलावे के लिए पन्द्रह-पन्द्रह, बीस-बीस रूपये दे जाते हैं। खाने को चंगी-चोखी मिलेगी, पहनने को रेशम खीनखाफ[1] ... थोड़े ही दिनों में रूपयों और कपड़ों से सन्दूक भर जाएंगे...

तभी ज़न्नाटे के एक थप्पड़ की आवाज सुनाई पड़ी जो रानो ने आप ही अपने मुंह पर मार लिया था...और अब हमेशा की तरह एक अनजानें भय से कापने लगी थी।

---

१ किमखाब

जिन्दां रानो का अन्तिम वाक्य सोच रही थी- 'पोती बहू से होती है। जब बहू ही नहीं तो पोती कैसी ? उसी समय ज्ञानचन्द, केसरसिंह जग्गू, दुल्ला, करमदीन और गांव के दूसरे आदमी चले आए और रानो के चादर डालने की बात यों छेड़ दी, जैसे यह भी कोई झगड़ा है, जिसका फैसला पंचायत को करना चाहिए। जिन्दां के पहुंचने पर चादर की रस्म की बात शुरू हो गई। हुजूरसिहं ने समझा- इस उम्र में, जबकि वह मरने के करीब है, पंचायत ! बिरादरी के लोग उसकी बेइज्जती करने, उसे आखिरी ठोकर मारने आए हैं। लेकिन जिन्दां नारी की तेज-अक्ली से न केवल बात की तह तक पहुंच गई, बल्कि उससे भी कहीं दूर, आगे, बहुत आगे निकल गई।...पल-भर के लिए उसने सोचा- इतना अच्छा, इतने निकट का ख्याल उसे क्यों न आया ? फिर उसने सोचा—हां-हां, आया था, लेकिन—तब बड़ी कितनी छोटी थी। अब रानो फिर उसकी बहू हो सकती थी और बड़ी उसकी पोती। और ... जब हुजूरसिंह ने पंचों की ओर देखकर आंखें फड़फड़ाई तो बूढ़ी दांत निकालकर उसकी तरफ बढ़ी। डब्बू की बौड़ी मरी थोड़े ही थी।- वह तो जिन्दां थी- जिन्दां !...जिन्दां बोली, "तू बीच में मत बोला कर बुड्ढिया ! ... ना मरे, न पीछा छोड़े...जानता भी है, क्या- क्या इन्साफ हो रहे हैं दुनिया में ? ... कि इस जन्म का अन्धा अगले जन्म का भी अन्धा ?"

पंच मौजूद थे, जिन्होंने बुड्ढे-बुढ्ढी का भी फैसला कर दिया। और आखिर में हुजूरसिंह और जिन्दां दोनों की मंजूरी लेकर चलने लगे। उनके जाने से पहले, बुजुर्ग होने के नाते, जिन्दां ने सबको आशीर्वाद दिया...उसके पीठ मोड़ने की देर थी कि रानो बिफरी हुई सास-ससुर के सामने आ गई।- "तू तो बड़ी के ब्याह की बात करने जा रही थी, फाफा ! बीच में मेरा मुर्दा क्यों निकाल बैठी ?" और वह बके जा रही थी- 'शरम

है तो कुछ खा मर...घर में बीसो हौल दिलियां पड़ी हैं वाफर ![1] ... हे देवी मां ! तू जोहड़ के गदले पानी में डूब-डूब मरे, ऊपर से आटे वाली मशीन कू-कू करे ...तू मेरे चुम्मू से क्यों नही कर लेती ? बन्ते के यहां क्यों नहीं बैठ जाती ? सन्ते पर क्यों नहीं चादर डाल लेती ? मैं उससे ब्याह करने जाऊंगी जिसे मैंने छाती निकाल निकालकर...?"

तभी कोई हाथ रानो के बालों पर पड़ा और वह झटके के साथ उठती हुई, दीवार के पीछे, कूड़े के ढेर पर जा गिरी। उठी, नजरें साफ हुई, तो सामने चन्नो खड़ी थी और दांत पीस रही थी- "रण्डिये, खसम खाणिये ! इधर आ।" और फिर उसे मकान के पीछे खोले में, जहां गांव के लड़के-लड़कियां रात के अंधेरे में मिला करते थे, या चोर सेंध लगाते थे, ले जाते हुए बोली, "हम तेरे भले की करें कुत्तिये, और तू फैलती जाए ?"

"नहीं चन्नो.... नहीं।"रानो ने उसके सामने अपना दुखड़ा रोते, पाव पकड़ते हुए कहा, "वह बच्चा है। मैंने कभी उसे इस नजर से नहीं देखा।"

चन्नो बोली, "देख...तुझे इस दुनिया में रहना है कि नही रहना ? इस पेट का नरक भरना है कि नहीं भरना ? इस अपनी शरम को ढांपना है कि नहीं ढांपना ? बड़ी आई है नजरों वाली ! बुल्लेशाह ने कहा नहीं-

बुल्हिया रब दा की पावना
एधरों पुट्टना ते ओधर लावना'

बस इधर से निकालकर उधर डाल देने की बात है...पहले उसे इस नजर से नहीं देखा तो अब देख मुर्दिये..."

रानो अपनी कल्पना में मंगल को देख रही थी।

चन्नो बोलती गई- "सोच तो मोइये ! ...तो शादिया यहां

---

१. फालतू

किस मां-जाई को मिलती हैं करने को ? जिसके साथ हो गई सो हो गई। बीच में दो-चार हो जाते हैं, लेकिन वह कोई अच्छी बात है ? हर बखत डर से जान निकली रहे...हां, मर्दों की बात अलग है...यह दुनिया उनकी-कोई पूछता भी है ? कोई जो बाहर से आकर तेरे मंगल से करेंगी, तू क्यों न करे...सलामते की सुनी है न तूने ?...खैर, वे सब बातें छोड़। तुझे अपनी बेटी का ब्याह भी करना है कि नहीं ?"

रानो फिर चौंक गई...अपना ब्याह कि बेटी का ?..बेटी का, अपना...वह बच्चों की तरह 'न न' की जिद पकड़े चली गई और घर पहुंचकर दिनभर बैठी सोचती रही, सोचती रही। तभी एक और ही आग उसमें लपक आई जिसका सम्बन्ध बड़ी से था न छोटे दो बच्चों से...और चम्मू से... कोई और ही अजन्मे बच्चे उसके पेट में मचलने लगे थे...

शाम के समय पूरो आई तो रानो बीमार पड़ी थी। एक पट्टी सी सिर के गिर्द कसकर बांध रखी थी। बड़ी चन्नो मौसी के यहा जाकर आटे की चिड़िया सी बनवाकर ले आई थी और रानों ने उन्हें अपनी कनपटियों पर चिपका रखा था और वे चिड़ियां दाना-दाना करके रानो की सारी गर्मियां चुन रही थीं : पूरनदेयी ने थोड़ा हाल-चाल पूछा और फिर मुस्कराते हुए कहा-"क्यों नी...कैसा बुखार है ?"

और रानो मुंह मोड़कर मुस्करा दी।

इस पर सारी सृष्टि एक संदिग्ध ढंग से खिल उठी। पूरो हंसी। बड़ी कुछ न जानते हुए हंसी के इस इक्का-दुक्का मौके से लाभ उठाकर खिलखिला उठी। न जाने कब और कैसे सन्तों, महात्माओं, राधाकृष्ण और शिव-पार्वती की तस्वीरें अपने-आप चौखटों से जा टिकी थीं और उन देवी-देवताओं के चेहरों पर दुनियाभर के प्रेम का नक्श स्थायी हो गया था। बड़ी की खिल्ली से बकाइन पर आए हुए तोते चहचहाते हुए उड़ गए। मन्दिर

के सुनहरे कलसों पर सूर्य ने अपना आखिरी गुलाब बिखेर दिया- और घंटिया बजने लगीं...

एकदम - एकदम कहीं से मंगल आकर दरवाजे में खड़ा हो गया। वह खुश था, बहुत खुश ! आज उसने सात रूपये कमाए थे, जो उसने रोज की तरह आते ही रानो के हाथ में थमा दिए।

और पूरनदेयी बोल उठी-ले यह पहली कमाई, वह कमाए तू खा !"

रानो ने घबराकर पैसे हाथ से छोड़ दिए। नोट भण्डारे की तरफ उड़ने लगा और सिक्के कच्चे फर्श पर गिरकर कोने-अतरे तलाश करने लगे।

मंगल ने हैरान होते हुए कहा, "हंस क्या रही हो, चाची ?"

चाची बोली, "यह तू अपनी इससे पूछ।"

और फिर उसे घबराई हुई रानो के पास अकेले में छोड़कर बड़ी को बाहर घसीटती हुई पूरनदेयी चल दी।

मगल बेवकूफों की सी खास हंसी हंसा और कहने लगा, "कोटले की सब औरतें इसी जोग हैं कि ..."

रानो ने बीच ही में बात काट दी, "मर्द कम हैं ?"

मंगल कुछ न समझा।

दोनों अपने-अपने जाल और उनकी घुण्डियों में फंसे हुए थे। मंगल ने अपनी ट्रंकी में से कुर्ती उठाई, जो कभी, भले दिनों में उसने पेशावर से मंगवाई थी, जिसके गम्भे पर ऊन की कढ़ाई थी और लुकाट के फूल से बने थे। उसे हाथ में लेकर लहराता हुआ वह बाहर निकलने लगा- कहते हुए- "कम से कम मर्दों की बात समझ में तो आती है।"

"मर्दों की मर्दों को समझ में आती है।" रानो बोली, "और औरतों की औरतों को !"और फिर उसने आंखे मटकाईं, जो कला उसे लाखों, करोड़ों सदियों से आती थी।

मंगल ने मन ही मन सोचा - रानो ठीक कहती है। क्या

उसे मालूम था, आज ढारे के घुप अंधियारे में, जहा चौधरी के मकान का मलवा पड़ा है, शहतीर के पीछे मैं और सलामते एक नई ही इमारत की नींव रख रहे होंगे ? उसने दरवाजे में से मुड़कर रानो से कहा- "यह तू आज क्या मर्द-औरत का झगड़ा ले बैठी है ?"

"वही तो झगड़ा है सारा। "

"कुरुक्षेत्र की लड़ाई है ? "

"उससे भी पुरानी।" रानो ने जवाब दिया और पास आते हुए बोली, "जिसमें जीता हुआ भी हारा और हारा हुआ भी हारा ..."

मंगल रुक गया और रानो की बात का कोई गहरा मतलब समझने का प्रयास करने लगा। दोनों एक दूसरे के बारे में कुछ न जानते थे। लेकिन यह वह समां था, जब कोई भी बात करें तो मतलब बन जाता है। और कभी कुछ भी कहो, मतलब नहीं बनता। उस वक्त मतलब था या नहीं, इसके लिए दिमाग चाहिए था या समय, और दोनों के पास ये दोनों न थे।...रानो तैंतीस-चौतीस बरस की भरपूर औरत थीं, जिसमें नारीत्व अंगड़ाई लेकर जागा था। उसमें तरूण किशोरी का स्वाभाविक अभिमान तो न हो सकता था, हां नारीत्व का पूरा गर्व था जो बरसों, सदियों से परिस्थितियों के रद्दे दर रद्दे के नीचे दबकर रह जाता है और उस समय उबलकर निकलता है, जब ऊपर की सतहें कमजोर होकर रास्ता छोड़ देती हैं।... इसके विपरीत मंगल, चौबीस-पचीस बरस का जवान गबरू, शुरू दरिया और आखिर दरिया जो स्रोत का मोहताज था न किनारों का और न चट्टानों का...

बाहर आकर रानो योंही बर्तन टकराने लगी। जो वह चाहती थी, वही हुआ-मंगल सलामते के पास जाने से रूक गया। मां जिन्दां ने बेटे को आवाज दी और जब वह पास आया तो

उसे बैठाकर बातें करने लगी। रानो जान-बझकर सटक गई। बड़ी को और जुड़वां बच्चों को खेलने के लिए बाहर भेज दिया गया। रानो जाकर दरवाजे के पीछे खड़ी हो गई जो हमारी दुनिया की अक्सर औरतों की जगह है।

जिन्दां ने अभी बात चलाई ही थी कि मंगल समझ गया। पगड़ी में से उसके बाल जैसे अपने-आप बाहर आने लगे और वह उसे एक हाथ से उठा, दूसरे हाथ की उंगली से अन्दर छिपाने की कोशिश करने लगा। दीये की मटमैली रोशनी में उसका चेहरा खून के अचानक दौरे से लाल होता हुआ दिखाई पड़ने लगा...

रानो ने किवाड़ के पीछे झुककर, दीवार का सहारा लेते हुए दिल पर हाथ रख लिया, मुंह से जिसका दगड़-दगड़ सुनाई दे रही थी। लगता था, कोई खूनी ऊपर की मंजिल पर किसी का खून करके, अब भागने के लिए जल्दी-जल्दी सीढ़ियां उतर रहा है। कोई देखता, वह कैसे एकदम तरोई के बे-बहार फूल की तरह पीली, कुम्हलाई और मुरझाई हुई नजर आ रही थी। उसके होंठ 'दीवानशाह' की दुकान पर बिकने वाले पुराने छुहारों की तरह हो गए थे और घुटने आपस में टकरा रहे थे-जैसे मुहब्बत या डर के अचानक हमले से लरजते-टकराते हैं।

मंगल ने उठकर अन्दर की तरफ देखा, जहां उसके अनुमान के अनुसार रानो गई थी।

"नहीं, यह नहीं होगा, यह कभी नहीं होगा। उसने बायें हाथ को एक निर्णयात्मक झटका देते हुए कहा, जैसे वह छांटे को दिया करता था, जब बक्की को दुल्की में डालना होता। फिर वह बोला, मैं मां की गाली नहीं खाता... इन पंचों की मां...ये तो क्या, लाट इरविन, जारज पंजुम भी आ जाए, तो मैं कभी न करूं। मेरी मां के बराबर...उसकी उमर है...मैं सर उसके पांव पर रख सकता हू, पाव सर पर नहीं..."

और वह बकता-झकता, इधर-उधर मल्लाहियां सुनाता, हवा को गालियां देता हुआ बाहर निकल गया। ऊपर मुंडेर पर एक साया-सा लहराया और फिर पीछे हट गया-"हाय नी ! ...पकड़ नी...।" जिन्दां ने चिल्लाते हुए कहा, "राणिये ! अन्हिये ![1]... देख, कहीं कुछ अपने को कर ही न ले...कह गया है, घर में एक और तिलोके की लाश आएगी।"

रानो लपकी, गिरी, फिर लपकी...यहां तक कि दरवाजे के बाहर जा पहुंची, जहां चन्नो, पूरदेयी, विद्या वगैरह ने उसे पकड़ लिया।

रानो अपने-आपको छुड़ाते हुए बोली-"हाय नी वह..."और उसने अंधेरे की तरफ इशारा किया।

"कुछ नहीं करेगा।" चन्नो ने डांटते हुए कहा।

"हाय ! कुछ कर लिया उसने तो मैं मर जाऊंगी... हम सब मर जाएंगें। सबका ठीकरा मुझी पर टूटेगा।"

"तू मर रह न।" विद्या ने आगे बढ़ते हुए कहा, "ठीकरा तोड़ने वाली और कौन हैं ? हम ही हैं न ?"

"हे देवी मां...मेरा तो सारा बंदन ठण्डा हो रहा है।" रानो अपने ऐंठते हुए हाथ छाती पर रखती और फिर परो का सहारा लेती हुई बोली।

चन्नो रानो के हाथ दबाने, उसे होश में लाने लगी। "तुझे ही तो गर्म करने के लिए यह सारी मुसीबत की है...क्या बर्फ हुई जा रही थी ?"

"मुझे बचा लो चाची।" रानो ने पूरनदेयी के पांव पकड़ते हुए कहा।

पूरो ने अपने पांव छुड़ा लिए और बोली, मरी क्यों जा रही है...कुछ होने-हवाने वाला नही। इन मुए मर्दों पर जब लादी

---

१. ए अन्धी

डाली जाती है तो सब ऐसा ही करते हैं। हम औरतें यह न करें तो सबकी सब धरी रह जाएं...तू तो जानती है।"

रानो को फिर कुछ हौंसला हो गया था। उसने दोनों हाथों से अपना मुंह छिपा लिया और पूर्ववत् लरजती-कांपती हुई चन्नो की ओर देखती हुई बोली, "वह क्या करेगा ?"

"जो तूने किया।" चन्नो ने कहा।

"क्या सोचेगा ?"

"जो तूने सोचा।"

बड़ी पास खड़ी सुन रही थी और अब तक मामले को कुछ-कुछ समझ चुकी थी। वह एकदम बोली- "मां ने यह सब किया तो मैं कुछ खा मरूंगी।"

इस पर सब औरतों ने अपनी-अपनी नाक पर उंगली धरते हुए एक लम्बी, घिसटती हुई 'हौ हाय!' की और फिर चन्नो ने बढ़कर बड़ी की चोटी खींच डाली और बाकियों ने धक्के देकर उसे अन्दर भेज दिया...बड़ी जब अन्दर गई तो शर्म, नफरत और क्षोभ से उसका चेहरा सूज रहा था...

५

मंगल ढारे में पहुंचा। सलामते कोठे-कोठे होती हुई मंगल के घर जाकर कोई झगड़ा सुन आई थी, जो उसकी समझ में न आया था। अब वह लौटकर मंगल का इन्तजार कर रही थी। उसके दिमाग में एक बोली थी, जिसे वह मंगल को सुनाना चाहती थी-

'हस्सदी ने चन्न मंग लये,
यार छड गया गली दा आना'[१]

तभी सामने मंगल दिखाई दिया। वह गुस्से से कांप रहा

१. हंसी-हंसी में झूमर क्या मांग लिए, यार ने गली में आना ही छोड दिया।

था। एक पल ठिठकने के बाद वह आकर सलामते से कुछ दूर खड़ा हो गया। सलामते अपनी जगह से उठकर कुछ उसके पास आई और मंगल की खामोशी में हजार मतलब ढूंढने लगी·और फिर उन सबमें से एक ही मतलब ! वह आज बन- ठन के आई थी। अपनी बड़ी ब्याही हुई बहन इनायती का दुपट्टा उड़ा लाई थी, जिस पर जरी का काम था और जो कहीं दूर से आती हुई रोशनी में चमक- चमक जाता था। शाम की हल्की- हल्की हवा में सलामते के बदन पर लिपटा हुआ दुपट्टा यों कांप रहा था, जैसे पेठे की मिठाई पर लगा चांदी का वरक कांपता है।

मंगल की आंखें, अंधेरे के बावजूद, एक मशाल की तरह जलती हुई नजर आ रही थीं। सलामते के पास पहुंचकर उसने अपना पांव मलवे के एक शहतीर पर रख दिया, जिसका अधिकांश लोग काटकर जलाने के लिए ले जा चुके थे। धीमी, किन्तु मजबूत आवाज में मंगल ने पुकारा- "सलामतिये !"

"हूं !" सलामते एक बैठी हुई आवाज में बोली।

"इधर आ !" वह बोला। और सलामते जवाब दिए बिना मंगल के पास आ गई, रूक गई...

"निकाल दे दुपट्टा।" मगल बोला।

सलामते ने दुपट्टा अलग फेंक दिया।

"उतार दे कमीज।"

सलामते ने कमीज उतार दी...एक युवती के लिए सबसे मुश्किल बात, लेकिन उस क्षण की सूली पर लटकी हुई सलामते अपना इरादा ही खो बैठी थी। दांया हाथ बांये और बायां हाथ दायें कंधे पर रखे वह थोड़ा झुक गई। शायद वह कुछ कहती लेकिन मंगल ने अंधेरे में कहीं दूर से अपना- आप छुड़ाकर आती हुई दीये की लौ में सलामते की तरफ देखा और उसी भारी स्वर में बोला- 'हो गई सैर...अब चली जा...!

सलामते ने भौचक्की होकर अपने कपड़े उठाए,

जल्दी-जल्दी कमीज गले में डाली और फिर घबराहट और दहशत की हालत में देखती, पीछे मुड़ती हुई चल दी।

तभी कोई पास से गुजरा और जैसे खामोशी का मुंह पाटने के लिए बोल उठा- "कौन है ?"

मंगल ने एकदम ताव में आकर नथुने फुला दिये और बोला- "तू कौन है ओय मामिया ?" और वह आदमी क्षण भर के लिए ठिठककर अपनी राह पर हो लिया, वह कत्ल होने को तैयार न था।

मंगल कुछ देर वहीं खड़ा इर्द-गिर्द की फिजा को सूंघता रहा, फिर सहसा बायें हाथ को छांटा लगाने के अन्दाज में झटककर, सलामते के घर की ओर, सांहसियों की टट्टी, जो हमेशा गांव के एक तरफ होती है, जहां अराई, धोबी, चमार वगैरह रहते हैं और जिसकी तरफ गन्दी मोरियों और गलियों का निकास होता है।

६

पंचों की तय की हुई तारीख आ पहुची। पूरो, चन्नो और विद्या ने मिलकर रानो के हाथों पर मेंहदी लगा दी और मंगल-सूत्र से उसकी मेंढिया[1] गूंथ डाली, और सिर एक खूबसूरत-सा डाक-बंगला बना दिया।[2] इतना दिलासा दिए

---

१. मेंढ़ियां—पतली—पतली चोटियां, जिन्हें एक-दूसरी में गूंथकर कई तरह के पैटर्न बना दिए जाते थे।

२. डाक-बंगला सोने का चौक (आधे नारियल के आकार का गहना)। लेखक का संकेत उस लोक-गीत की ओर है जिसके बारे में किसी युवती ने कहा है :

सिर गुंद नी कुपत्तिए नैने,
ते उत्ते पा दे डाक-बंगला

जाने के बावजूद रानो कांप रही थी, रो रही थी।

बच्चे नासमझी की हालत में चुप थे और सोच रहे थे-आज उनकी मां के साथ क्या हो रहा है ? बड़ी उनके गले में अपनी लम्बी-लम्बी बाहे डालती हुई चुप कराने के बहाने उन्हें रूला रही थी। और फिर-जैसा कि प्रबन्ध किया गया था, सब बच्चों को चन्नो मौसी के घर भेज दिया गया।

आंगन में पैंसी[1] की मैली-सी चादर तनी थी, जिसके नीचे कुछ घड़े रखे थे। एक तरफ पुरानी-सी काई मारी ठिलिया पड़ी और उन सब पर सिन्दूर मचल रहा था। रानो को लाकर जब चादर के नीचे बैठाया गया, तो उसने एक हृदय-विदारक चीख मारी-"मरने वाले ! आ, देख, क्या हो रहा है तेरी रानो के साथ !"

पुरोहित ने कहा, "लड़का कहां है ?"

पं० ज्ञानचंद, केसरसिंह और दूसरे लोगों ने इधर-उधर देखा। वे तो उसे जबरदस्ती पकड़कर लाए थे और चारपाई के साथ बाध दिया था। मेहर करमदीन, जो इस रस्म-रिवाज से जरा परे हटकर बैठा था, ढूंढता हुआ अन्दर गया, और उन्हीं पैंरो लौटकर बोला-"मगलू तो अन्दर नहीं है।"

उस दिन उत्तर से आने वाली हवा डोरियों की मदद से एक तरफ बकाइन और दूसरी तरफ रोशनदान की सलाखों से बंधी हुई चादर को फड़फड़ा रही थी, मुफ्त की डफ बजा रही थी। चादर के नीचे रस्सियों के साथ बंधी हुई काठ की चिड़ियां झूलती हुई चूं-चूं करने लगीं। कुछ दूर, तंदूर के पास उसकी भूभल पर लेटे हुए डब्बू ने अपनी टांगों में दबाई हुई गर्दन उठाई, और संदिग्ध भाव से पूरे दृश्य को देखने लगा। वह अब तक बूढ़ा और कमजोर हो चुका था। न ज्यादा रोशनी बरदाश्त कर

---

१. पांच धागों की विशेष बुनावट की खादी की चादर

सकता था, न शोर। गाव के मर्द-औरतों की बेढगी हरकतें देखकर वह उठ खड़ा हुआ और कल्पित शत्रु पर ही भौं-भौं करने लगा।

"मैं तो जानता हूं, वह नुतफा...।" हुजूरसिंह कहने लगा।

"दुर-दुर—" जिन्दा हुजूरसिंह को फटकारते हुए बोली—"सिवाय बकते रहने के और कोई काम ही नहीं।" और वह अपनी निर्जीव, निस्तेज-सी आंखों से उस जमघटे की ओर देखने और सनसनाने लगी। वह न जानती थी कि अब आकाश से अगली कौन सी बला टूटने वाली है। उसकी आंखें धुंधली थीं, इसलिए अपने दिवंगत बेटे की आकृति और खुलकर उसके सामने आ रही थी।

"ठहर ओय बाम्हना, "नम्बरदार तारासिंह ने पुरोहित को सम्बोधित करते हुए कहा, "मैं लाता हू उस मां के यार को पकड के।"

"हा," केसर सिंह ने समर्थन किया, "उसकी बहन के ब्याह में मैं जूते खाता फिरूं।"

"हम सब चलते हैं।" जग्गू भी तैयार हो गया...।

दीवाना बोला, "इतने जूते पड़े इस पर भी भाग गया।

मानो इससे पहले उसे ठीक करने सीधे रास्ते पर लाने के सिलसिले में गांव के लोग उससे टेढ़े हो चुके थे। वे तो चाहते थे कि एकाध टाग ही तोड़ दी जाए, ताकि चादर के नीचे आकर बैठे तो फिर हिल न सके। छः-सात आदमी हाथ में लट्ठ और गंडासे लिए हुए बाहर लपके, और ज्ञानचन्द सरपंच कानून का तथाकथित रक्षक, केवल दिखावे के लिए मना करता, शोर मचाता हुआ सबके पीछे गया। वहा सिर्फ औरते ही रह गईं, जिनमें सुरमा दायी भी थी, जो मंगल को इस दुनिया में लाई थी।

मर्दों को यों निकलतें देखकर रानो चिल्लाने लगी, "छोड़

दो, हाय नी, मुझे छोड दो। मैं नहीं बचूंगी !"

और यह सब ठीक ही मालूम हो रहा था। रानो पीछे की तरफ गिरी और बेहाश हो गई। औरतें उसी की शादी के लिए रखे हुए घड़ो में से पानी उंडेल-उडेलकर रानो के मुंह पर छींटे देकर उसे होश में लाने लगी। मानो वे कह रही थीं कि इसने मौत देखी है तो अब शादी भी देखे।

मंगल को लोगों ने फार्म की सातवीं कपास में जा पकड़ा। पहले ही बहुत-सी मार खा चुकने के बाद वह निढाल हो चुका था, अब भय और आंतक से और भी अधमरा हो गया थ। वह चाहता तो इक्का लेकर हमेशा की तरह सतराह या सत्तो की तरफ निकल जाता। पर दुर्भाग्य से इस मिर्जे की बक्की को मखौल की साहिबा ने डंग दिया था। बक्की अपनी बंधी हुई अगाड़ी के साथ कुछ फासिले पर खड़ी, हरी-हरी सेंजी मिली चरों खा रही थी और मौका मिलने पर साथ वाले खेत में लहलहाते हुए शटाले पर भी मुंह मार लेती थी। गांव वालों ने सम्भावना को ध्यान में रखते हुए बक्की के पांव में लोहे की यह बड़ी मोटी-सी सांकल डाल दी थी और उस पर अलीगढ़ का ताला। और अब वे बेफिक्र हो चुके थे। मंगल का ख्याल था कि उसके घनिष्ठ मित्र, नवाब, इस्माईल और गुरूदास बगैरह उसे इस संकट से बचाएगे। लेकिन उसे क्या पता था कि वे बेशर्म भी कोटले के शेष लोगों के साथ मिल जाएंगे और बार-बार यही कहेंगे-"आखिर औरत ही की बात है न यार, कोई मौत की तो नहीं ?"

मंगल जहां छिपा था, वहां से दो हाथ दूर खानकाह वाला कुंआ था, जहां आज से कुछ ही वर्ष पहले मंगल के बड़े भाई तिलोके की हत्या हुई थी। जब उस दिन शाम के वक्त समय से पहले ही घुप अंधेरा हो गया था और एक दिन पहले सूरज ने धरती की बकाइन पर खून के छींटे फेंक दिए थे, उस मिट्टी

से अब भी खून की बू आ रही थी।

मगल कपास की बगल मे एक तंग और अंधेरी 'खुड़' में बैठा, डर और शंका में डूबा, फटी-फटी आंखो से देख रहा था जबकि गांव के लोग वहां पहुंचे। सर्दियों के मौसम से कभी-कभी कोटले में कोई भेड़िया, जंगली सुअर आ निकलता था, और लोग इसी तरह लाठियां और छवियां, टोके और गंडासे लेकर उसे घेरने मारने के लिए निकल जाते थे और उस वक्त तक दम नहीं लेते थे, जब तक कि घिरे हुए जानवर की बोटियां तक न उड़ जाएं।

लोग आकर सामने खड़े हो गए। मंगल कोठरी में दोनों हाथों के बल झुका, डरा-डरा सा सबको देखता हुआ, सचमुच एक जंगली सुअर मालूम हो रहा था। वह निहत्था था और बाकी सबके सब सशस्त्र। कहां तो लोगों ने शोर से आसमान सिरपर उठा रखा था और कहां वे आमने-सामने खड़े सहसा चुप हो गए थे, एकदूसरे की आंखों में देख रहे थे, घूर रहे थे-देखें पहला वार कौन करता है ? शिकार किस तरफ लपकता है ?

मंगल का टेंटुआ कांपने लगा और लोगों के दिल धक् धक् करने लगे।

कुछ देर की खामोशी के बाद मंगल जरा सा हिला। लोगों ने एकदम खाली जमीन पर ही लाठियां बरसाने और टोके चलाने शुरू कर दिए। भय ने उनमें ऐसा जोश, ऐसी ताकत भर दी कि जमीन में बड़ी-बड़ी दरारें पड़ गईं।

एक बार फिर वे अचानक चुपचाप एक-दूसरे को देखने लगे-शिकार और शिकारी।

तभी मंगल के अपने दोस्त, अपने साथी इक्के वाले गुरूदास ने जी कड़ा किया और आगे बढ़ते हुए बोला."दखता हूं, यार, कौन सा जग्गा है ?"

गुरुदास के बढ़ने को देर थी कि केसरसिंह, जग्गू, नवाब

ईस्भाईल सब झपट पड़े। उनके झपटने की देर थी कि मंगल घेरे से निकलने के लिए लपका। फिर तो आगे, पीछे, मध्य, हर तरफ लोगों ने उसे घेर लिया। जिसके हाथ में लाठी थी, लाठी जिसके हाथ में जूता था, जूता, मंगल पर बरसाने लगा। अगर वह कुछ ज्यादा लड़ता तो गंडासे और टोके भी थे। ...

शोर-गुल सुनकर राहगीर जमा हो गए।

मंगल को बालों से पकड़कर खेतों और खलिहानों के बीच घसीटा जा रहा था। सिक्ख होने के नाते नम्बरदार तारासिंह या केसर सिंह का फर्ज था कि बालों को अपमान होने से बचाते, लेकिन यह सब करने में वे ही आगे थे, ओर उसे बालों से घसीटने में जैसे वे एक प्रतिशोध और मजा ले रहे थे। घसीटे जाने के कष्ट से अपने आपको बचाने के लिए मंगल कुछ दूर तक अपनी इच्छा के साथ चल लेता, लेकिन फिर पीछे की ओर खिंचने लगता, जैसे किसी खच्चर को पानी पिलाने ले जा रहे हों। उसके शरीर, फटे हुए कपड़ों, लम्बे-लम्बे केशों और दाढ़ी में धरकोने की झाड़ियां, कपास की मनछिटियां, मक्की के टांडे, सूखे मदार में से उड़ने वाली बुड्ढी माइयां और न जाने क्यां कुछ घिसटता आ रहा था।

पोखरे और धर्मशाला के बीच तक पहुंचते-पहुंचते यह जुलूस खासा बड़ा हो गया। मुसाफिर सड़क के एक तरफ रुककर हैरानी से देखने लगे। बबूल की बाड़ के पीछे से उचककर एक राहगीर औरत ने गांव की एक मुटियार[1] से पूछा, "हाय-हाय नी सुक्खो-यह क्या हो रहा है ?"

सुक्खो ने औरत की तरफ ऐसी नजर से देखा, जैसे कह रही हो-हौ हाय, बेबे ! इतनी सियानी होकर तू यह भी नहीं जानती ? और बोली-शादी ! और फिर वह लौटकर यों देखने

---

१. युवती

लगी जैसे कोई बात ही नहीं।

कोटले से दूर, वैष्णवदेवी के पहाड़ का खाका अब भी धुधला-धुंधला नजर आ रहा था। उस समय जरूर ही वहां असंख्य जात्री पहाड़ की परिक्रमा करते हुए जा रहे होंगे, क्योंकि इसी पूर्णिमा को वैष्णव देवी में जात्रियों का इकट्ठा था। वे जरूर ही ढोलकियां और झांझ बजाते हुए गा रहे होंगे।

'बचाना है तो बचा लो, अम्बा जी !
पापियों के बचाने की यही बेला है...।

गाते-बजाते हुए उन्होंने जरूर ही इधर दक्खिन की ओर देखा होगा, और अवश्य ही उनकी नजरें कोटला गांव के धुधंलके, अंधियारे से टकराकर लौट गई होंगी।...

गाव के बाहर यही एक गड़हा था, जो सरपंच ज्ञानचंद और उसके मजदूरों से पटना रह गया था, जिसमें मंगल-मार खाता हुआ मंगल-बेसुध होकर गिर गया। यह वह जगह थी, जहां बड़ी बड़ी कुदालों और कस्सियों से खुदाई करके पोखरे के पानी को अन्दर लाया जाता था और फिर मिट्टी की मोटी-मोटी गोल टिण्डों की मदद से ऊपर जेहलम अराइन की क्यारियों की सिंचाई की जाती थी, जिसके कारण उसकी खेती सदा-बहार रहती थी। फिर उन पर परांह की सनसनाती हुई छांव जिसमें असंख्य मुसाफिर सुस्ता चुके थे। उस समय कुछ दिनों के लिए बन्द बांधकर पानी को रोक दिया गया था। लेकिन मंगल के चारों खाने चित उसमें गिरने पर बन्द टूट गया और पोखरे के पानी के लिए रास्ता बन गया और पानी तेजी के साथ अन्दर आने लगा। इससे पहले कि लोग मंगल को उठाते, उसके कपड़े पानी से गीले हो गए थे और मुंह कीचड़ में लथपथ हो चुका था। मंगल ने आखिरी बार अपने आपको छुड़ाने की कोशिश की। लेकिन आठ-दस मजबूत बाजुओं की जोडिया अपने गिर्द पाकर वह शराबी की तरह बंकारता हुआ रास्ते पर

हो लिया।

अजीब-सा दुल्हा था। बाल बिखरे हुए और सिर पर से पगड़ी नदारद। हाथ में कुन्द-सी कृपान, सेहरे की जगह, झाड़ियां और कांटे, केसर के छींटों की जगह कीचड़ के लौंदे, आंखों में मुहब्बत के नशे की बजाय घृणा, ग्लानि और पराजय के आंसू और गंदलापन। और अजीब-सी बरात, जैसे शिवजी पार्वती को लेने आए हों—गले में रूद्राक्ष की मालाएं और सांप, मुंह में धतूरा और भंग, कमर में लंगोट ओर कन्धे पर मृगछाला और हाथों में त्रिसूल ! बराती बन्दर और लंगूर, शेर, चीते और हाथी। इस पर शहनाई की जगह एक अजीब तरह की इच्छा और आंकाक्षा, बहशत और शहवत पैदा करने वाली कुत्ता-मक्खी की भनभनाहट और आटे की मशीन की कू-कू-कू-कू...

जब मंगल को रानो के साथ बैठाया गया तो वह लोहूलुहान था और रानो पूरी तरह बेहोश ! लेकिन सब औरतों का विश्वास था कि आखिर में सब ठीक हो जाएगा। यद्यपि चादर की रस्म मामूली होती है, और उसमें बहुत कुछ नहीं किया जाता, लेकिन यहां चन्नो और पूरनदेयी, विद्या, कुक्की और चण्डी ने मिलकर एक पूरी शादी का सामान कर दिया था। वर आम तौर पर कन्या के घर जाकर उसे ब्याह लाता है, लेकिन उस समय 'कन्या' का मायका भी वहीं और ससुराल भी वहीं-आगा भी वहीं और पीछा भी वहीं। पूरनदेयी, बाम्हनी, विद्या और कुछ दूसरी औरतें कन्या के मायके की ओर से हो गईं, और जिन्दां, चन्नो, सरूपो, चण्डी और सुरमा ससुराल की तरफ से। सब एक-दूसरे की समधिनें बन आमने-सामने मैदान में आ गई-जैसे कोई लड़ाई होने जा रही हो। मां की हैसियत से जिन्दां ने अपने लगभग पोपले-से मुंह को जुम्बिश दी और 'घोड़ी' गाना शुरू की :

'अरे बन्ने' !

छोटी-छोटी बूंदनियां मेंह बरस रहा है।

सुहागिन मां तेरे शगुन मना रही है...।'

और फिर उसने हाथ ऊंचा करके, चन्नो, सरूपो और सुरमा वगैरह की तरफ इशारा किया तो वे एक साथ गाने लगीं :

'बहन सुहागिन तेरी घोड़ी की बाग पकड़े हुए है, बन्ने !

भाभी सुहागिन सुरमा डाल रही है।

और बाप तेरा धन की थैली का मुंह खोले खड़ा है।'

तभी बड़ी, भाइयों की कतार लिए, छत पर चली आई। छोटा चुम्मूं पीछे आने और बाजा सुनने पर मचल रहा था। बड़ी उसे मना करती हुई मार रही थी, लेकिन उसका अपना जी वह सब देखने-सुनने को चाह रहा था। चन्नो मौसी के यहां से उसके निकलने और कोठे पर आने की देर थी कि बाकी बच्चे भी पीछे-पीछे आ गए और मुंडेर पर खड़े अपनी मां की शादी देखने लगे। बड़ी पहले आठ-आठ आंसू रोई और फिर वहां का रंग देखकर एक बच्ची की तरह सब कुछ भूलकर नीचे की तरफ सरकने लगी :

विद्या ने चिल्लाकर कहा, "अणियो ! गाती क्यों नहीं हो ?"

इस पर सबने अपनी आवाज ऊंची कर दी।

तारासिंह, ज्ञानचन्द, दीवाना, केसरसिंह, जग्गू, रूलदू, दुल्ला, जमाला और गांव के मुसल्लीं, जो कुछ दूर खड़े चोर-आंखों से देख रहे थे, एकदम बोल उठे, "गाओ न !"

तभी रानो को होश आ गया, और वह फटी आंखों से क्या मर्द और क्या औरतें, सबको देखने लगी- जैसा कि दुल्हन कभी नहीं करती। विद्या ने गीत उठाया और बाकी सब भी शामिल हो गईं :

'पीली-पीली दाल तेरी घोड़ी चरे

और मेरा बन्ना-लहक के घोड़ी पर सवार हो,

और फिर छोटी-सी बन्नो को लेकर महलों में आए।'

और फिर उधर लड़की वालों की तरफ से पूरनदेयी ने सुहाग शुरू किया, रानो के पिता को सम्बोधित करते हुए :

'बाबुल ! तुझे नींद प्यारी है ?
अरे ! घर में कन्या कुंआरी है !
सुन्दर बेटी तेरी
वर मांगती है,
'दर मांगती है, अच्छा-सा घर मांगती है।'

ऊपर किसी ने मुह पर मुट्ठी गोल करके बाजे की आवाज निकाल दी। बस, फिर क्या था, सब समझ गए कि बारात आ गई। खूब धमाचौकड़ी मची। गांव के सब बूढ़े-बच्चे, मर्द-औरतें सामने के खुले मैदान में, कुएं की जगत पर, कोठों की छतों पर, पेड़ों के तनों पर-यहां...वहां सब जगह पहुंचकर बैठ गए। पूरनदेयी और उसकी चंचल संगिनी विद्या ने बरात की ओर इशारा करके, आए हुए मेहमानों को बन्दर, सुअर, भडुवे जाने क्या-क्या कहा, और ऐसा करने में हाथ अपने-अपने मर्दों की तरफ उठा दिए, जिस पर खूब ही खिल्ली उड़ी। समधिनें नाचीं। डोमनियां थिरकीं।

तभी पूरनदेयी ने अपनी बांह उठाई और वह दृश्य गांव के लोग आज तक नहीं भूले, क्योंकि चोली के नीचे से पूरो की विलायती अंगिया ने आंखे मारी थीं। फिर उसने विद्या के साथ मिलकर कई नमकीन और मिर्चीली सिट्ठनियां दी थीं :

'पुदीने की करो कड़ाही रे
मंगल की मां, रण्डी की बेटी आई रे.
हमारा अच्छा, करारा पुदीना।'

इस पर नवाब की बीबी आशया, जेहलम अराइन और उसकी तीन बेटियां आयशा, इनायती और सलामती भी शामिल हो गई। मानों पुदीना सिर्फ उनकी ही मिल्कियत था। और सब

नाच-नाच उठी :

'हमारा अच्छा, करारा पुदीना,
मसालों वाला पुदीना
मंगल की बहन, थानेदारों से छुड़ाई रे
पुदीने की करो कड़ाही रे।'

फिर हंसी-खेल, किलकारियां जिनमें मर्द भी शामिल हो गए-बच्चे भी और बूढ़े भी। कौन किसकी चोटी खींच रहा था, और कौन किसे बांहों में भर रहा था, यह किसी को पता न चला। पूरनदेयी जमाले की बांहो में पड़ी थी, और वहीं मचल-मचल गई। विद्या सरूपों से लिपट-लिपट रही थी। बड़ी नीचे आकर जो खड़ी हुई तो उसे किसी तरफ से धक्का पड़ा और उसकी आंख ज्ञानचद की जांघों में जा खुली, जो उसे बड़े प्यार, बड़े स्नेह से भींच रहा था।

तभी चादर खिंची, और शादी हो गई।

यकायक सब चुपचाप खडे हो गए, क्योंकि डोली विदा होने का समय आ गया था। मायके वालियों ने गाना शुरू कर दिया :

'बाबुल ! अब तेरा क्या दावा है ?"
दूल्हा का बाप डोली की मुन्नियां पकड़े खड़ा है,
अब दावा उसका है।
भैया ! तेरा अब क्या दावा है ?
दूल्हा का भाई डोली के बाजू थामे खड़ा है,
अब दावा उसका है।
और फिर एक अकेला बैन-लड़की का :
'बाबुल ! चारों ओर मेरी गुडिया बिखरी है,
लेकिन मुझे उनसे मिलने का चाव नहीं !
हाय ! मां रोती कि अगिया सिज गई,
और बाप तो दरिया रो रहा है।'

फिर, मुंह दिखाई और जग हसाई। आखिर सिर जोड़ी ! पहले रानो को और फिर मंगल को पकड़कर कोठरी में ढकेलते हुए बाहर से ताला लगा दिया गया, जिसे चुम्मूं, दोनों जुड़वा भाई और बड़ी देख रहे थे और आंखे झपक रहे थे।...

७

उस रात रानो एक बहन, पत्नी और मां की तरह मंगल के घावों पर सेंक करती रही। बाहर तो जा न सकती थी, वहीं दुपट्टे को मुंह में ठूंसकर वह उसमें अपनी गर्म-गर्म सांस की धौंकनी चलाती और मंगल की सूजन पर रख देती। उसे आराम भी मिल रहा था और बीच-बीच में वह कराह भी रहा था। कभी-कभी दर्द बिना पता दिए, बिना चेतावनी दिए चेतना की तहों में कहीं गुम हो जाता तो मंगल को रानो के हाथ अजीब से लगने लगते। शायद उन हाथों में रची हुई मेंहदी का रंग उस अंधेरे से भी तीखा था, और गंध उस खट्टे से भी तेज, जो सर्दी और गर्मी के मिलाप में एकदम महक जाता है और फिर दिल में अजीब तरह की अनकही कसक और आंखों में अजीब तरह के अनबहे आंसू छोड़कर कुछ ही दिनों में पतझड़ का शिकार हो जाता है।

रानो एक दम भूल चुकी थी कि उसके बच्चे कहां है, कैसे सोए हैं, उनमें से किसी ने क़ुछ पेट में डाला है कि नहीं। एक बार चुम्मूं की आंकृति लपककर उसकी सोच में आई और फिर वैसे ही अपने-आप चली भी गई। यहां जो कुछ हो रहा था, वह चुम्मूं से कहीं ऊंचा था। चुम्मू और उसके साथ लाखों-करोड़ों बालक उसका एक अंग थे, और बस। कभी-कभी बीच में मंगल बिदककर पहलू बदल लेता था। फिर रानो एक तरफ जाकर बैठ जाती, और दबी-दबी सिसकियां

लेने लगती, जो सृजन से पहले हर औरत का भाग्य होती हैं।

यकाएक उसे प्यास लग आई लेकिन खिड़की खोलकर किसी को पानी के लिए कहने की हिम्मत न पड़ी। फिर मंगल भी उठकर बैठ गया और अंधेरे में इधर-उधर देखने लगा। सहसा उस पर जैसे पागलपन का कोई दौरा पड़ा और दोनों हाथों से उसने अपना रहासहा कुर्ता भी फाड़ डाला।

"मैं मर गई !" रानो चिल्लाई, और उसके पास चली आई।

"परे हट जा !" मगल ने उसे धक्का देते हुए कहा।

पिछली रात रानो ने मंगल के पांव पकड़ लिए, और उन पर सिर रखती, रोती हुई बोली, "तू जानता ही है, इसमें मेरा कोई कसूर नहीं।"

मंगल, जो अब तक निढाल हो चुका था, बोला, "जानता हूं !" और फिर न जाने किस भावना से उसने रानो का हाथ पकड़ लिया। अंधेरे में लगातार देखते रहने से उसे पत्ता-पत्ता, सुई-सुई दीखने लगी थी।

रानो ने अपना हाथ उसके हाथ में रहने दिया और धड़कते हुए दिल से प्रतीक्षा करने, देखने लगी- उसके भाग्य का साथी अगले क्षण उस मेंहदी-रचे हाथ को अपने कठोर छांटे वाले हाथों में रहने देता है, या झटक देता है। लेकिन ऐसा तो कुछ भी न हुआ। मंगल का हाथ जैसे अपने-आप नीचे गिर गया, और साथ ही रानो का भी।

बाहर लोग हमेशा की तरह यही समझते रहे-शादी अनवरत सुहागरात के सिवा कुछ भी नहीं। कुछ लोग तो सिरे से ही न जानते थे और जो जानते थे, वे उन क्षणों को भूल चुके थे जो उनके जीवन में भी आए थे। जो गर्मी और आवेश और मस्ती दो दिलों के बीच पैदा हुई थी, सुहाग का आनन्द उसकी तुलना में ऐसा ही था, जैसे किसी कंजूस को हातिम

मानकर रूपये मांगने जाए अपने साथ पूरी मानवता और उसकी प्रतिष्ठा को उसके चरणों में जा गिराए और उसके बदले में एक दमड़ी पाए, फिर भी आशीर्वाद देता हुआ घर चला आए।

सुबह जब रानो और मंगल जागे तो किसी ने ताला खोल दिया था। मंगल उठा। उसने चलने की कोशिश की, लेकिन दो ही कदम के बाद कराहता हुआ लौट आया और रोते हुए अपनी सुहाग-सेज पर लेट गया। रानो भागकर बाहर पहुंची और जाकर जिन्दां के पास खड़ी हो गई।

"क्या है बहू ?" जिन्दां बोली।

रानो ने कहा, "भण्डारे की चाबी दो, मां !"

"किसलिए ?"

"हल्दी निकालनी है। उसे बहुत लगी है।"

जिन्दां ने अपने दुपट्टे के पल्लू से चाभियां खोलकर रानो का दे दीं। भण्डारे की ओर जाने की बजाय रानो बरामदे की ओर लपकी, जहां बच्चे आधे नंगे, आधे ढके हुए सो रहे थे। रानो ने बारी-बारी सबका मुंह चूमा, और उनके शरीर ढांपे। गुलाबी-सी सर्दी से हाथ जांघों में दिए, सिकुड़े हुए बच्चे एक संतोष के भाव से सीधे होने शुरू हुए। लेकिन जब रानो बड़ी के पास पहुची, तो वह जाग रही थी। इससे पहले कि रानो उसके सिर पर प्यार से हाथ फेरती बड़ी ने अपने फैशन से बढ़ाए बड़े-बड़े नाखूनों से मां का मुंह नोच लिया, और बोली - "जा, तू उसी से मुंह काला करवा !"

रानो पर पहले ही क्या कम हो गुजरी थी कि अब बेटी ने भी मुंह नोच लिया। वह तो बड़ी से यह भी न कह सकती थी, बेटी, तेरे लिए ही तो मैंने यह किया है, और तू-और तू भी ?' लेकिन उसके पास यह सोचने की फुरसत ही कहां ? वह तो यह भी न सोच सकती थी कि उसकी बेटी उसकी अपनी, जिसे उसने नौ महीने पेट में रखा सौ-सौ, हजार-हजार कष्ट

सहकर आखिर एक दिन मरणासन्न हो उसे दुनिया में लाई, बेबसी और मैले से धोते-रोते पाला और बड़ा किया--उसी ने अब बड़ी होकर उसका मुंह नहीं नोचा, फूल बरसाये हैं। रानो कुन्द और खाली दिमाग के साथ अन्दर हल्दी लेने के लिए निकल गई। हल्दी निकालकर, आग जलाकर उसे तबे पर पकाया, और फिर मंगल की चोटों पर उसे बांधने के लिए अन्दर चली गई।

डब्बू पास आकर दुम हिलाने, चूं-चूं करने और अगले पंजे उठा-उठाकर रानो पर रखने लगा, मानो कह रहा हो मैं जानता हूं रानो, तेरे साथ क्या हुआ है। सब ठीक हो जाएगा, आखिर में सब ठीक हो जाएगा।'

चन्नो रोज सवेरे मन्दिर जाया करती थी और सुबह की दूधिया सर्दी पर उसकी आवाज तैरती हुई आया करती थी, मनां तैं राम न जान्या रे। लेकिन आज मन्दिर जाने की जगह वह सीधी रानो के यहा चली आई।

रानो उसे दरवाजे में खड़ी मिल गई। छूटते ही चन्नो ने पूछा

"क्यों, रानो, सब सुख है न ?"

रानो चुप रही।

"बोल न !"

इस पर भी जब रानो कुछ न बोली, तो चन्नो ने उसे झकझोरते हुए कहा, 'बोल, रात कुछ हुआ ?...हाय, कैसी घुंघनियां मुंह में डाली हैं ?"

जो घुंघनियां रानो ने मुंह में डाली थी, उनके बारे में कैसे बताती ? उस खौलते पानी की तपन और जलन, जिसमें उसकी भावनाओं और सहनशीलता का दाना-दाना तक उबल गया था, जल गया था, चन्नो को किन शब्दों में बताती ? नीचे देखती हुई, फड़कते हुए होंठो के साथ रानो बोली, "रात कुछ नहीं

हुआ।"

चन्नो ने गौर से रानो के चेहरे की तरफ देखा और बोली, "झूठ बकती है- नहीं तेरे मुंह पर ये नाखूनों के निशान कैसे हैं ?"

ठण्डे पसीने की बूंदे रानो के चेहरे पर उभर आईं और वह कुछ न बोली। कुछ देर योहीं बेकार, शर्मसार- सी खड़ी रहने के बाद, जैसे वह अचानक उबल पड़ी तू तो कहती है, चन्नो, मुझे उसकी जरूरत नहीं। मैं तो तन ढांपने के लिए दो कपड़े मांगती थी भैणा पेट में डालने के लिए दो रोटियां।...पता नहीं, भगवान की क्या इच्छा है, देवी मां क्या चाहती है ? ... वह अब फिर चला गया है कहीं।"

"हाय राम" चन्नो ने पीछे, गली से साफ होते हुए अंधेरे को देखा और कहने लगी, "किधर गया मुआ तत्त पलत्ता[1] ?" और फिर एकदम किसी भूल का अनुभव करते हुए बोली, मैं मुंहजली...तेरे सामने तो अब मुझे ऐसा नहीं कहना चाहिए।"

रानो मुस्करा दी- जैसे रो रही थी, या रो दी- जैसे मुस्करा रही थी।

चन्नो रानो को दिलासा देते हुए कहने लगी, "उसकी तू फिकर न कर रानो, जैसे वह गया है, वैसे ही आ भी जाएगा।"

और दोपहर से कुछ पहले मंगल सचमुच ही चला आया। वह नवाब का कुर्ता पहने हुए था, इस्माईल का साफा और गुरुदास का गामेशाही जूता। बदन पर पटिटयां बंधी थी। उसका ख्याल था कि, घर की हल्दी- वल्दी से कुछ होने- हवाने वाला नहीं, इसलिए वह सुबह के पहले ही फेरे में इस्माईल के साथ उसके इक्के पर निकल गया था, और डस्के के बड़े अस्पताल में जाकर पट्टी करवा आया था। सुबह से कुछ पेट में डाला

---

१. जल्दबाज

था या नहीं, भगवान जाने। कल से तो सिर्फ मार खा गई थी, या फिर–शादी की थी।

दिन–भर खाट पर बैठा हुआ मंगल जमीन के तिनके गिनता रहा। कभी उसे अपने अस्तित्व का बोझ एक तिनके से भी हल्का मालूम होने लगता और कभी सारी पृथ्वी से भारी। फिर कभी बीच में झुककर, उंगली से वह कच्ची जमीन पर औंसियां–किस्मत की लकीरें–खींचने लगता। लेकिन जब उन्हें गिनता, तो वे जोड़ा ही आती, कोई एक न बचती। किस्मत कहीं रास्ता न देती। झल्लाकर हाथ छिछलाते हुए उसने अपने भाग्य के सब लेख मिटा दिए और उठ खड़ा हुआ। आवेग के क्षण में अनजाने उसी हाथ से चेहरा साफ किया तो धूल मुंह पर फिर गई। सफ़ाई करने की कोशिश में वह और भी गन्दा, भाग्य–लिप्त नज़र आने लगा था। फिर एक दम हाथ उठा–उठाकर वह बकाइन पर आकर बैठने वाले, कठोर स्वर में कांय–कांय करने वाले ढोडरों (पहाड़ी कौओं) को उड़ाने गांव के गोली मारने योग्य आवारा कुत्तों को एक अधमुए, खाज मारे कुत्ते पर झपटने से रोकने लगा। तभी एक तरफ से कहीं आधे दर्जन के लगभग कुत्ते एक–दूसरे पर झपटते, गुर्राते हुए चले आए, जिन्हें हांकते हुए मंगल बोल उठा, "मैं हैरान हूं...कोटले में जो भी मरता है, शायद कुत्ता ही बन जाता है।"

कच्ची दीवार पर से दूर, धौलाधार और हिमालय की पर्वतश्रेणियां हीं एक–दूसरी में खप गई थीं और उनके बीच कहीं–कहीं बर्फ चमकती हुई दिखाई दे रही थी। उन पहाड़ों से इधर दक्खिन का वह इलाका था, जिसकी टेकरियों पर "पहाड़ी" के दर्द ने जन्म लिया था, क्योंकि यहां के प्रेमी कभी आपस में न मिल सके थे। एक इस टेकरी पर होता, तो दूसरा उस पर, और बीच में नदी–

पापी लोग पहाड़ के, पत्थर जिनके चित्त,
अंग मिलावा- कभी- कभी, नयन मिलावा नित्त।'

और उनकी जुदाइयों का दर्द, रावी चुनाव और जेहलम के किनारे- किनारे होता हुआ वारिसशाह और कादिर यार के रूप में सांदल और गंजीबार के दिल तक पहुंच गया था।

एक- एक करके बीती हुई घटनाएं मंगल के दिमाग में आने लगीं। उसने एक आह भरी और मिर्जे की आवाज में गुनगुनाने लगा, "तूने बुरा किया, साहिबां ! जो मेरी बक्की की अगाड़ी बांध दी, मेरे तीर- तर्कश टांग दिए, वरना एक तीर से तेरे भाइयों को खेत कर देता और दूसरों से उसे, जिसकी तू मंगेतर थी।...

लेकिन शायद मंगल के घायल दिल के लिए मिर्जा साहिबां के किस्से का वह भाग काफी न था। इसलिए एक कान पर हाथ रखकर, दूसरी बांह हवा में उठाकर वह गाने लगा-

छुटटन शाह फकीर से एक जाटिनी अर्ज करती है-
"मै तेरे मजार पूरा बकरा चढ़ाऊं
अगर मेरे सिर का साईं मर जाए ;
पांच- सात पड़ोसिनें खत्म हो जाएं ;
और जो रहती है, उन्हें तप आ धरे ;
गांव के नम्बरदार को पटकी पड़े, जो थाने रपट करता है;
केराड़- बनिये की हाट जल जाए, जहां हमेशा दिया जलता है;
फ़कीर की कुतिया मर जाए, जो दिन रात चूं- चूं करती रहती है
गलियां सूनी हो जाए-
मेरा प्यारा मिर्जा बिना रोक- टोक आ सके...

यों मन को सन्तुष्ट कर मंगल अन्दर जाकर लेट गया। तब तक फिजा में से मार- काट की गंध निकल गई थी।

सुबहें, दोपहरें और शामें धुलने लगी थी, जैसे वे कोई मैंली दीवारे थीं, और कोई आकाश के दर्द के दरिया से मटकों पानी लेकर किरणों की झाड़ू से उन्हें धो रहा था।

रानो ने खाना पकाया। फिर भागकर चन्नो के यहां से थोड़ा घी ले आई, और पत्नी की तरह उसकी बड़ी-सी डली रोटी पर रख दी। वह रोटी पर 'चोंघा' निकालने ही वाली थी कि किसी ख्याल के आने से शरमा गई और हाथ खींच लिया। लोग क्या कहेंगे ? खाना निकालने के बाद उसने बड़ी से कहा, "जा, इसे दे आ।"

बड़ी ने नथुने फुलाकर कन्धे झटक दिये और बोली, "मेरी जाती है जूती।"

रानो लज्जित होकर आप ही उठने वाली थी, कि पास बैठा हुआ चुम्मूं बोल उठा, "ला, मां, मैं दे आंता हूं।"

रानो ने चुम्मूं की तरफ देखा। जैसे यह उसका बचपन और उसकी मासूमियत ही थी, जो रानो के दुख को समझ सकती थी, जो किए और न किए पापों से कहीं ऊपर थी। रानो का जी चाहा, कि उसे छाती से लगा, भींच ले, यों भीच ले कि वह उसके शरीर में विलीन हो जाए, और फिर इस दुनिया में न आए, जहां...तभी उसने थाली चुम्मूं के आगे सरका दी, और स्वयं दुपटटे में मुंह छिपा कर रोने बैठ गई।

यों दिन बीत गए। महीने बीत गए। मंगल के मन में धीरे-धीरे एक जिम्मेदारी का एहसास मानो अपने-आप पैदा होने लगा। यद्यपि रानो के साथ उसका पति-पत्नी का सम्बन्ध नहीं था फिर भी वह रूपये लाकर मां के हाथ में देने के बदले रानो के हाथ में देता। और रानो खुश हो उठती, और उदास भी। डर से मिली-जुली स्थायित्व की एक क्षीण-सी भावना उसके मन में घर करने लगी। गाव भर की औरतें-क्या चन्नो और पूरनदेयी, क्या विद्या और क्या सरूपो, सबने कुछ हुआ,

'नी, 'नी, कुछ हुआ, पूछ-पूछकर बेचारी रानो की नाक में दम कर दिया था। रानो जवाब में सिर्फ इतना ही कहती, "रण्डियो ! शुक्र नहीं करतीं, मेरा घर बस गया है। रोटी-कपड़ा मिलने लगा है मुझे।...अब मुझे कोई इस घर से नहीं निकालेगा। कोई मेरी बेटी को नहीं बेचेगा।..."

लेकिन वे सब शहद की मक्खियां यों ही थोड़े छोड़ने वाली थीं। देर तक वे रानो के इर्द-गिर्द मनभनाती रहतीं और उसके कूल्हों में चप्पे दे-देकर पूछतीं-

"क्या मतलब ?...सारी रात वह ऐसे ही पड़ा रहता है ?"

"हां !"

"तू इधर, और वह उधर ?"

"हां !"

"तू भी उसे बुलाने की कोशिश नहीं करती ?"

"नहीं !"

"क्यों नहीं, नासपीटिये !...वह तेरा है। शादी की है तेरे साथ -चादर डाली है तुझपर।"

रानो रुआंसी हो उठती और कहती, 'चादर डाली है तो क्या हुआ ? ...मुझे अब भी वह वैसा ही लगता है, जैसे पहले लगता था।"

इस पर सब बंकार उठतीं-

"हौ हाय !"

"फिट्टे मुंह !"

"दुर लानत !"

और फिर वही-

"तुम्हें नींद कैसे आती है ?"

"जैसे पहले आती थी।"

"वह भी सो जाता है। बस-ऐसे ही ?"

"हां।"

"रात को उठता, अकड़ता-जम्हाई भी नहीं लेता ?"

इस पर सब हंस पड़ती और एक-दूसरी को छिब्बियां देने लगती। और आखिर में समझाने लगतीं- "तू कुछ कर, कुत्ती जमाने की, नहीं तो वह हाथ से जाता रहेगा।"

पूरो बीच में ही बोल उठती, "कहं तो तुझे एक टोना ला दू ?"

"हां, नी !" विद्या हामी भरती।

"नहीं, नहीं," रानो कहती, मैं कोई टोना-वौना न करूंगी।"

"तो फिर बैठके रोएगी !" पूरो चेतावनी देती।

विद्यां भेद-भरे भाव से पूरो की ओर देखते हुए बोल उठती "तू तो नहीं रोती न ?"

पूरो एकदम अपनी शर्म और लाज को एक तरफ रखकर अपनी जूती की तरफ इशारा करती, मेरी रोती है यह।... मैं टोटका न लाती, और मेरा शम्भू पैदा न होता तो यही चाचा तुम्हारा मुझे घर से निकाल देता।"

इस पर सब खिलखिलाकर हंस पड़ती और पूरनदेयी एक बड़ी सी आंख फैलाकर, सबको चारों तरफ दिखाकर, मारती।

तभी चन्नो पूछ बैठती, "बाबा हरिदास के कै दिन रह गए ?"

और पूरनदेयी चन्नो की चोटी पकड़कर यों खींचती कि सब मैं मर गई ! हाय मैं मर गई ! के हुल्लड़ में खत्म हो जाता।

उधर नसीबों वाले अड्डे पर गुरुदास, नबाव और ईस्माईल मंगल की जान न छोड़ते। अक्सर पूछते, "क्यों, फिर कैसी लगी ?"और मंगल का चेहरा फिर एकदम लाल हो उठता। उसे यों लगता जैसे किसी ने असावधानी में उसकी मां-बहन के बारे में कोई अनुचित बात कह दी हो। वह चुप रहता, और व्यर्थ ही बक्की के साज में बकलस कसने या घोड़ी को थपकने

लगता। गुरुदास बात को आगे बढ़ाता हुए कहता, "सच पूछो तो दुहाजिन की बड़ी मौज होती है।"

"मौज कैसी ?" नवाब टोकता- या इल्माईल- या कोई और।

"वह पहले ही रसी- बसी होती है न।...सब जानती है।"

इस पर सब मिलकर 'हा- हा, हू- हू' करने लगते, जिसके बीच में मंगल की पाटदार आवाज आती, "ठहरो, तुम्हारी मां..."

और सब सहसा चुप होकर मंगल की ओर देखने लगते। केवल गुरुदास हिम्मत करता, क्योंकि वह शरीर से मजबूत था और उस पर हाथ डालने से पहले हर किसी को सोचना पड़ता था। वह कहता,, "उसे बहन बनाने के लिए ब्याह किया है, चादर डाली है ?"

मंगल एक कड़ी निगाह से उसकी तरफ देखता, लेकिन खामोशी को बहादुरी समझकर चुप रहता। थोड़ी देर में गंदलाया हुआ वातावरण साफ होता और इस्माईल कोई लतीफा शुरू कर देता- या कसीफा[1] "एक सरदारजी की इकन्नी कीचड़ में गिर गई।"

फिर...फिर क्या हुआ ?" नवाब मंगल की तरफ देखते, मजा लेते हुए पूछता।

तभी बीच में कोई सवारी चली आती, और नवाब उसकी तरफ मुखातिब हो जाता, "कोटले चलोगी, माई ?"

"नहीं वीरा !"[2] माई कहती, और चली जाती।

नवाब फिर इस्माईल को पकड़ता, "हां तो...सरदारजी की इकन्नी कीचड़ में गिर गई..."

"हां, "इस्माईल लतीफा फिर जारी करता, "और वे कच्छा

---

१. भद्दा लतीफा २. वीरा (वीर)=भाई

पहने हुए कीचड़ में कूद पड़े और लगे इकन्नी ढूंढने और ऊपर हाथ उठा-उठाकर कहने-'या अल्लाह, मिल जाए !...या अल्लाह, मिल जाए !' एक मुसलमान पास से गुजरा। अल्लाह का नाम सुनकर ठहर गया, और बोला- 'ओय सरदारा ! तू हमारे अल्लाह से क्यों कहता है ? अपने वाह गुरू से क्यों नहीं कहता ?'...सरदार जी ने ऊपर देखा, और कहा- उंह ! इकन्नी के पीछे वाह गुरू को कीचड़ में डालूं ?"

इस पर सब खिल्ली मारकर हंस देते। मंगल भी मुस्करा उठता और इस्माईल इसे इजाज़तनामा समझकर उसके पास पहुंचता और कहता, "मंगला, क्या यह ठीक है, सरदारों के यहां बारह बजते हैं ?"

"हां, बजते हैं।" मंगल स्वीकार करता।

"तेरे भी बजते हैं।"

"हां, मेरे भी बजते हैं।"

फिर मंगल के जूड़े पर हाथ रखते हुए, इस्माईल उससे पूछता, "यहां कुछ होता है ?"

"हां होता है।" मंगल पीछा छुड़ाने के लिए मान लेता।

लेकिन इस्माईल इसीपर बस न करता। बात को आगे बढ़ाते हुए वह कहता, "सुनो- यह तुम्हें दिन के बारह बजे ही होता है, या रात के बारह बजे भी ?"

"दिन के ! ...जो असली सिक्ख है, उसे तो दिन के बारह बजे ही होता है।

"तो फिर ?" इस्माईल कहता, "वह अपने गांव का बिसाखासिंह है न -तरखान- वह तो रात के बारह बजे बहुत शोर मचाता है।"

मंगल जवाब देता, "वह हरामजादा असली नहीं।...जरूर मुसलमान से सिक्ख हुआ होगा।"

और सब मिलकर हंसने लगते। मंगल की आवाज सबसे

ऊंची होती। फिर बीच में कोई जात्रिन चली आती और सब मिलकर उसे लपक लेते। उसकी गठरी नवाब के इक्के में होती, जूते मंगल के इक्के में और वह स्वयं गुरूदास की बांहों में। अक्सर ऐसा होता है कि मियां एक इक्के में होता, बीवी दूसरे में और बच्चा तीसरे में। फिर बहुत-सी गाली-गलौच के बाद किसी एक का इक्का भरकर रवाना कर देते और स्वयं दूसरी सवारियों के पीछे भागने लगते। मंगल को अब औरतो में सिर्फ सवारी की हद तक दिलचस्पी थी। वह कभी किसी तरूणी को देखता भी, तो एक सरसरी नजर से -मानो कह रहा हो, 'हां ऐसी भी होती है।'...सलामते में उसे अब भी दिलचस्पी थी। सलामते को औरतों की डाक से पता चल गया था कि मंगल और उसकी पत्नी में अभी तक कुछ वो नही हैं। वह और भी बन-संवरकर उसके सामने आती और सैरों के इशारे करती। पर अन्दर से वह जली बैठी थी। उसने निश्चय कर रखा था-एक दिन मंगल को अपने चुंगल में फंसाऊंगी। ढारे के पीछे कपड़े उतरवाऊंगी; और जब वह हाथ बढ़ाएगा, तब शोर मचा दूंगी। और उसकी वह बेइज्जती करवाऊंगी कि याद ही करे।...अब जब कि वह बीवी वाला ही हो चुका है, उसका मुंह हमेशा के लिए काला हो जाएगा।

उस दिन नसीबों वाले अड्डे पर मंगल ने नवाब के साथ पी ली-लेकिन डरतें-डरते। अपने भाई के समय में तो वह बोतलें चढ़ा जाता था, लेकिन अब वह डरता था। उसे पीने की इच्छा होती थी, पर बेतुकेपन से नहीं।

रानो भी आम औरतों की तरह थी, जो शादी के पहले ही दिन से अपने पति के चेहरे देखना सीख जाती है-उस पर आने वाली एक-एक शिकन को जानने -पहचानने लगती हैं। जब उनका मर्द कोई पाप करके आता है तो उन्हें अनायास पता चल जाता है। यह अलग़ बात है कि वे कुछ नहीं कहतीं। बातें

करने में वे उसकी हर गतिविधि जान लेती हैं। बल्कि चौखट के अन्दर पहला ही कदम उसकी पूरी 'जातक' पूरी 'अलिफ लैला' उनके सामने दोहरा देता है। इससे पहले भी मंगल ने दो-चार बार पी ली थी और वह जान गई थी। मंगल भी जान गया था कि वह जान गई है, लेकिन इस पर भी मौन का आवरण सा पड़ा रहा-और ऐसे ही निभती रही।

जैसे-जैसे दिन बीतने लगे, गांव की औरतें रानो को डांटने-डपटने लगी, और वह सोचने लगीं, शायद वे ठीक कह रही हों...वह डरने लगी, अपने भविष्य से, अपनी बच्ची के भविष्य से, क्योंकि बीच-बीच में मंगल अलफ हो उठता था- 'हटाओ ये सब।...क्या तमाशा बना रखा है ? और रानो कांप-कांप जाती। वह मंगल को कुछ भी तो न कह सकती थी। उस पर उसका हक ही क्या था ? नहीं-नहीं, हक तो था। पंचायत के सामने गांव के सब मर्द औरतों की गवाही में, उसने मुझपर चादर डाली थी। सोचे, तो हक है भी और नहीं भी। चादर का क्या है ? अढ़ाई-तीन गज का कपड़ा ? ऐसा है तो शादी के फेरे भी क्या है ? यह सब ठीक है। नहीं, कुछ भी ठीक नहीं।...तिलोका भी तो था ! उससे वह इतनी भयभीत न रहा करती थी। जो मुंह में आता, धड़से कह डालती, चाहे बाद में मार खाती। मैं उसे क्यों नहीं कुछ भी कहती ?...मंगल रानो पर उंगली भी न उठाता था। सिवाय रात के उस जगह पर खड़ा भी न होता, जहां रानों की परछाई पड़ती। फिर भी ? ...इसका मतलब ? चलो, अच्छा ही है, मार तो नहीं पड़ती ! रोज हड्डियों को सेंक तो नहीं करना पड़ता ! लेकिन...

बहुत दिनों तक सोचते रहने के बाद रानो समझ गई कि वह मंगल को क्यों कुछ नहीं कह सकती ? क्यों उसे शहर से कोई भी चीज लाने के लिए नहीं कह सकती ? दूसरी औरतें, जो अनाप-शनाप मुंह में आए, बक देती हैं। दिन छल्ला, रात

जेवर-कुछ न कुछ मांगती ही रहती हैं और उसे लाके देना ही पड़ता है।

आज दिन कुछ अन्दर-बाहर था, जब मंगल कस्बे से लौटा। अभी सूरज की रोशनी बाकी होने से अष्टमी का ज्योतिहीन चांद एक सफेद सी पंतग की तरह एक बबूल में उलझा हुआ था और अब इक्के के साथ-साथ भागता हुआ सांहसियों की टट्टी के ऊपर आसमान के खुले मैदान में जाकर निश्चल हो गया, जहां मंगल अपना इक्का रख दिया करता था और बक्की को थोड़ा चारा-वारा डालकर घर चला जाता था–फिर लौट आने, उसे खरहरा करने और दाना डालने के लिए। शेष काम अगली सुबह के लिए छोड़ देता था।

इक्का और बक्की का प्रबन्ध करने के बाद मंगल लौटा। जहां वह इक्का खड़ा किया करता था, वहां से दायीं ओर फार्म की पन्द्रह-पन्द्रह फुट ऊंची ईख खड़ी थी, जिसके बीच में से चींटी भी न गुजर सकती थी। हां, झींगुर दिन को अपनी दुम में से लैस निकालकर एक तारा-सा बनाते और झूलते-झुलाते एक गन्ने से दूसरे गन्ने तक पहुंच जाते और फिर उसके रस में डूब कर अगले गन्ने के पास। बायीं तरफ मकान शुरू होतें थे, जिनमें सबसे इधर मदरसा था और उसके साथ वाला जेहलम अराइन का घर जिसके ऊपर जाकर अब चांद रूक गया था।

हवा में से एक तरह की खुशबू आ रही थी। मंगल जानता था कि वह खुशबू कैसी है। बात यह थी कि गांव के किसान हर साल इसी महीने में रस निकालते, गुड़ बनाते और फिर ईख में थोड़ी-सी जगह खाली करके जमीन खोदकर गुड़ से भरा हुआ मटका उसमें रख देते और उसपर बबूल की छाल, गोबर और घोड़े की लीद डाल देते। फिर कुछ दिनों के बाद मटके से झाग फूटने लगती और बड-बड़ करती हुई शराब सीधी मटकों से बाहर चली आती थी, हवा में बस जाती, वायुमण्डल

दुर्गन्धित हो उठता और सुगन्धित भी।

अब भादों असोज में ढल रहा था, जबकि गर्म हवा और लू के आदी जिस्म सर्द हवा का एक भी झोंका बरदाश्त नहीं कर सकते। एक अजीब तरह की चुभन और जलन आदमी के मन में पैदा होने लगती है। न आदमी चादर ओढ़ सकता है, न छोड़ सकता है। स्त्रियां किसी काल्पनिक कंपकंपी से प्रभावित होकर सब गूदड़ और रूई अन्दर से निकाल लाती हैं, और फिर धुनिये को बुलवा, उससे धुनवा नये लिहाफों में भरती है, उनमें काले सूत के धागे डालती हैं- सर्दियों के लिए तैयार! अब उनके लिए चाहे कुहरा पड़े या बर्फ! लेकिन मर्दों को ठण्डी हवा के हर झोंके के साथ तकलीफ होती है। उनके शरीर एकदम स्याह और सुर्ख हो उठते हैं और रोमकूप अपनी जगह छोड़कर बराबर के रोमकूपों से अनगिनत बार जुड़ने के लिए चल निकलते हैं। मर्द का सम्पूर्ण शरीर एक फनियर सांप की तरह फुंकारने लगता है।

मंगल घर की तरफ कदम उठाने ही वाला था कि बायीं तरफ छत पर से आवाज आई- "मंगला बे !"

मंगल ने ऊपर देखा। यह वही जगह थी, जहां अष्टमी का चांद आकर रूक गया था।

सलामते खड़ी थी और उसके धुंधले से नक्श दिखायी दे रहे थे- ऐसे नक्श, जो अच्छे-भले आदमी को पागल बना देते हैं, क्योंकि वे पूरे नजर नहीं आते। सलामते ने कहा- "ठहर बे ! मुझे तुझसे काम है।"

मंगल निश्चल खड़ा रह गया। उसके शरीर में उस समय एक ही चीज गतिशील थी- उसका दिल, जिसने शेष सब जड़ता की कसर निकाल दी। सलामते उधर से आ रही थी, जिस तरफ लकड़ी की सीढ़ी जेहलम के घर में उतरने की जगह, बाहर उतरती थी, जिस पर आजादी से उतर-चढ़कर इनायती,

सलामते और जेहलम लाल-लाल मिर्चें सूखने के लिए डाला करती थीं। जितना आदमी पूरी जिन्दगी में करता है उतना मंगल ने सलामते के कोठे पर से अपने-आप तक पहुंचने में सोच डाला। सलामते आकर मंगल से कुछ दूर खड़ी हो गई-चुपचाप।

मंगल ने पूछा, "क्या बात है, सलामतिए ?"

"कुछ नहीं !" सलामते बोली।

उसकी आवाज में शिकायतें थीं, हिकायतें[1] थीं, और आंसू थे। जैसे वह कह रही थी, तेरे सामने बैठ के रोऊंगी, लेकिन दुःख तुझे नहीं बताऊंगी।'

"बता न !" मंगल ने कुछ आगे बढ़ते हुए कहा।

सलामते थोड़ा पीछे हट गई, जैसे वह डर गई हो।

"परे, परे !" सलामते बोली।

एक खुशबू-सी उड़कर सलामते की तरफ से आई। वह खुशबू गांव की खुशबुओं में से न थी, क्योंकि उन खुशबुओं से मंगल के नथुने पूरी तरह परिचित थे। वह शहर की खुशबुओं में से थी, जो प्रेम को एक प्रकार की असह्य-सी दुर्गन्ध बना देती है; विपरीत उस पसीने और मैल के जो स्वस्थ शरीरों को अपूर्ण प्रेम और स्वस्थ चमक-दमक में चन्दन हो जाती है। मंगल के दिल में भादों के अन्तिम पखवाड़े की हवाओं का जो शोला सहसा भड़क उठा था, इस परे, परे से और भी लपक उठा। सलामते के रखरखाव की परवाह न करते हुए वह आगे बढ़ा और बोला, "तू मुझसे डरती है ?"

"हां ! सलामते बोली, "याद नहीं उस दिन ..."

"-याद है, " मंगल बोला, "पर सब दिन एक से थोड़े हैं, सलामतिए !" और वह आगे बढ़ गया। सलामती पीछे हटती

---

१. हिकायतें—कहानियां

नहीं, नहीं, नहीं, नहीं, कहती हुई दीवार से जा लगी। उसने सोच रखा था, तय कर रखा था कि मंगल के हाथ लगाते ही शोर मचा देगी और उसे पकड़वाकर अपनी बेइज्जती का बदला लेगी। एक क्षण के लिए उसे ख्याल आया, अगर यह रीछ का बच्चा इस एक छलांग के अंतर को, जो उसके मंगल के बीच रह गया था, पार करके उसे पकड़ ले, और उसका मुंह बन्द कर ले या मुंह को अपनी बालों से भरपूर छाती में भींच ले तो वह क्या करेगी। उसकी सारी योजनाएं धरी की धरी रह जाएंगी। और वह रीछ, धीरे-धीरे लेकिन निश्चित रूप से, उसकी ओर बढ़ रहा था। सलामते की आवाज गले में अटक गई। वह कांप रही थी और नहीं जानती थी कि मंगल पर भी कोई कंपकंपी छा रही है।

सिर्फ एक कदम-और सलामते के लिए अब कुछ भी करना असम्भव हो गया था। दोनों बराबर, आमने-सामने खड़े एक दूसरे की आंखे तलाश कर रहे थे, दो बिल्लों की तरह अंधेरे में घूर रहे थे। ऐसे में सिर्फ औरत का दिमाग काम करता है, मर्द का नही। जैसे फिर मर्द का करता है, औरत का नहीं। उस एक कदम के अन्तर को मंगल के बदले सलामते ने पाट लिया और उचककर मंगल से चिमट गई। उसने मन जाने के अस्त्र से मंगल के बढ़े हुए हाथों की बरबसता रोक ली।

और मंगल एक बैठी सी आवाज में बोला, "बोलो-क्या काम था ?"

"कुछ नहीं, "सलामते बोली, "सोचा था, मिलेगा तो तुझसे कहूंगी-अड़िया !

'जित्थे तेरें हल वग दे, ओथे लै चल चर्खा मेरा।'[1]"

मंगल ने फिर हाथ आगे बढ़ाए।

---

१. जहां तेरे हल चलते हैं, वहां मेरा चर्खा भी ले चल।

सलामते बोली, "पागल हो गया है ? यह भी कोई वक्त है, जगह है ? "

"नहीं, नहीं।"

"नहीं !"

"तो फिर कब ?...कहां ?"

सलामते ने ईख की तरफ इशारा करते हुए कहा, "वहां ! जब उधर मन्दिर में घण्टियां बजें और मस्जिद में मुल्ला अजान दे।"

मंगल ने पहले ईख की तरफ देखा और फिर आसमान की तरफ जहां उत्तर-पश्चिम में कुछ फुंए-फुंए से बादल जमा थे। फिर सलामते की तरफ देखते हुए बोला, "हां, ठीक है !. कल ही हजारे ने वहां से शराब का मटका निकाला था।" और उसने ईख की तरफ इशारा किया, "बस मटके-दो मटके ही जितनी जगह है। " और फिर उसने अपने-आपको ढीला छोड़ दिया। पर उसके फड़कते हाथों को भी अभी तक विश्वास न आ रहा था कि उनके काबू में क्या चीज आई और क्या निकल गई। उसने अपने-आप में हिम्मत की भी कमी पाई और सोचा, "आज दो घूंट शराब-तेजाब के पेट में होते तो मजा आ जाता।" और फिर दिन-भर इक्के और धूल के बाद उसे अपना आपा कुछ गन्दा भी लग रहा था। मुंह से मां-बहन की गालियों की बू आ रही थी। फिर कुछ सोचते हुए वह बोला, "अच्छा सलामतिए, भूलना नहीं।"

"मै नहीं, तू ही भूल जाएगा।" सलामते मंगल की निगाहों का शक दूर करते हुए बोली।

"नहीं।"

और आधे घण्टे चाद की रात में मंगल सलामते की नजरों को मसलता हुआ चला गया। बदन में सहसा तनाव-सा हो जाने से उसकी चाल भी बदल गई थी। रीढ़ की हड्डी में कोई सांप

लहराना बन्द हो गया था और पीछे से देखने पर वह ऐसा लग रहा था, जैसे इन्सान नहीं, कोई लट्‌ठ जा रहा है।

सलामते वहीं खड़ी-खड़ी उसे जाते देखती रही। उसे भी भादों के झोंके लगे थे, और उसका बदन हवा में पड़े जलते हुए कोयले की तरह कभी भड़क उठता और कभी बुझ जाता। उसे यों लग रहा था, जैसे आधी रात के वक्त जब मंगल आएगा तो वह शोर मचाने, उसे पकड़वाने पिटवा देने की योजना कार्यान्वित नहीं करेगी। घर की तरफ कदम उठाते हुए उसने अपना तहबन्द कसा था कि सामने से इनायती, सलामते की बड़ी बहन, आ गई।

"तू कहां से -आपां ?" सलामते बोली।

"सुरमा दायी के यहां से।...काढ़ा लेके आई हूं।"

"काढ़ा ?...वह किसलिए ?"

"मरनें के लिए !"इनायती ने बड़ी विरक्ति से कहा।

फिर इनायती ने कुछ शरमाते, कुछ मुस्कराते हुए कहा, "औरत होना भी एक ही लानत है।"

"हौ हाय !" सलामते ने कुछ पता पाते हुए कहा, "रोड़ा पटकी पड़ा, तो अभी साल-भर का भी नही हुआ।"

"इसीलिए तो...यह मर रही हूं।" इनायती ने काढ़े की बड़ी-सी पुड़िया को माथे के साथ मारते हुए कहा।

और फिर दोनों मिलकर घर की तरफ चल दीं।

सलामते बोली, "यह सब करने से पहले तुमने मुराद से पूछ लिया ?"

मुराद इनायती के मियां का नाम था।

"आंह !" इनायती ने अपनी बांह झटकते हुए कहा, "उस नामुराद से पूछने बैठती तो अब तक ग्यारह होते। ...मेरा पेट है कि मलूकसिंह का आवां ?"

सलामते को झुरझुरी-सी आई। वह अल्हड़ बहुत कुछ

न जानती थी, लेकिन इतना जानती थी कि भगवान की सृष्टि में नारी होती है, जिसके गर्भाशय होता है, गर्भ और प्रसव के नाम ही से जिसके अन्दर एक अजानी-सी कसमसाहट दौड़ जाती है। सलामते ने कहीं दूर की बात सोची, 'आखिर यह होता है ? ...यही होता है, तब फिर ? ...'

इनायती दरवाज़े के अन्दर पैर रखने जा रही थी कि उसने अपने पति को अपनी साली आयशा से छेड़छाड़ करते देखा और उल्टे पैरों बाहर आकर सलामते से बोली, "अणिए, फिर मिला तुझे वह भाटिया लड़का ?"

'कौन ?' सलामते ने पूछा, यद्यपि वह जानती थी, इनायती कहां मार कर रही है।

"अरे वही-इक्के वाला मंगल।"

सलामते ने तब तक सोच लिया।

"नहीं।" वह बोली।

इसके बाद इनायती, आयशा, रोड़े, मुराद इत्यादि में मग्न हो गई। जेहलम फिर तरकारी के बदले सुबह गोश्त में डालने के लिए चने की दाल लेने गई थी। अब्बा का हमेशा की तरह कुछ पता न था।

सलामते एक खाट पर बैठकर सोचने लगी। उस दिन का ढारे वाला दृश्य उसकी आंखों के सामने घूम गया और वह लज्जा और ग्लानि से लाल हो उठी। ' न जाने क्या हो गया मुझे ? ऐसे भी कोई मानता जाता है किसी की बात ? वह कहता, 'उतार दे-और भी कुछ' तो मैं वह भी उतार देती...पागल ! कैसे फिर गली में आकर कुर्ता पहना और अपने ये छिपाए।... अल्लाह ? कोई देख लेता तो ?'

कुछ ही देर में सलामते उबलने, खौलने लगी। बोला, 'हो गई सैर, चली जा अब।' और मुझे लौट आना पड़ा। इतनी बेइज़्ज़ती न हुई होगी किसी मां की बेटी की। पर जिस चीज़

को आपा बेइज़्ज़ती कहती है, मैं उसे बेइज़्ज़ती नहीं कहती।

फिर वह उठी और हांडी लेकर सबको खिलाने-पिलाने के बहाने इनायती के पास चली गई और जब सब लोग थोड़े इधर-उधर हुए तो उसने इनायती को मंगल से अपनी मुलाकात की बात बता दी और यह भी कह दिया कि आज वह मिलने आएगा—मदरसे के बाहर, ईख में।

थोड़ी ही देर के बाद मुराद गांव के दो-चार बदमाशों को ले आया। अपनी गरीबी, अपनी विपन्नता के बावजूद वे यह सहन न कर सकते थे कि एक काफिर किसी मुसलमान लड़की की इज़्ज़त पर हाथ डाले। सबने मिलकर जल्दी-जल्दी लाठियां, बर्छियां और गंडासे जमा कर लिए...और फिर बैठकर बरसों पहले की जात्रिन और तिलोके के कत्ल की बातें करने लगे।

८

मंगल नहा-धो चुका था और अब अपनी दाढ़ी में कच्ची धानी का तेल लगा रहा था। सुबह जब खैरे ने कोल्हू चलाकर पुड़े में सरसों डाली थी तो पहली बूंदें मंगल की बोतल में गिरीं। नसीबों वाले अड्डे से लौटकर, सलामते से मिलने के बाद, मंगल चुम्मू से खेला भी, बड़ी की चोटी भी खींची और मां जिन्दां से उसके लिए 'बाबू' देखने की बातें भी कीं—और पूरा घर चहक उठा।

आज रानो उसे अच्छी लग रही थी। ऐसा लगता था जैसे उसकी शादी को दो-चार बरस ही हुए हैं और वे बच्चे उसकी बड़ी सौत के हैं। या वह बड़ा भाई है और छोटे भाई के कत्ल हो जाने पर उसने उसकी स्त्री पर चादर डाल ली है—नहीं, नहीं, यह तो नहीं होता। चादर छोटा भाई ही डालता है। बड़े

भाई के लिए तो छोटे की पत्नी बहू-बेटी की तरह होती है..

चूंकि मंगल आज स्वयं स्वभाव के विपरीत शाम को नहा-धोकर साफ-सुथरा हुआ था, इसलिए रानो उसे गलत समझ गई। ...वह समझी ये सब मेरे लिए है। आज का दिन मेरा था, रात भी मेरी है। ...रानो को देखकर मंगल समझा, यह उसकी आंखों का दोष है। लेकिन नहीं...आज रानो अपनी ही आंखों, अपने ही दिल, अपने ही गालों, होंठों, कूल्हों, जांघों का दोष थी। आज सुबह जब वह नहाकर पोखरे में से निकली तो सुल्फे की लौ मालूम हो रही थी। फिर उसने घर पहुंचकर दिन में कई बार उबटन मलकर त्वचा को इतनी नर्म ओर चिकनी बना लिया था कि उस पर से निगाहें और भाव फिसल-फिसल जाते थे और फिर वहीं मचल-मचल जाते और जहां गिरते वही चिमटे पड़े रेंगते और उस समय तक अलग न होते जब तक कोई उनका हाथ पकड़कर न उठाए ...फिर उसने बेंदी लगा रखी थी। कोई ध्यानं से देखता तो पता चलता कि आज वह सिर्फ बेंदी न थीं। वह प्रभात का सूर्य थी, जो गहरा लाल होता है और तेज-तेज अपनी धुरी के गिर्द घूमता जाता है। फिर अकस्मात् जैसे किरणों के ढेर में हाथ डालकर किसी ने उन्हें बिखरा दिया...फिर अखरोट की छाल का रंग उसके होंठों पर चला आया था और अब तक के सूखे हुए छुहारों की बजाय वे रसभरियों के ढेर मालूम हो रहे थे। ...मंगल ने एक बार फिर ज़रा गौर से उसकी ओर देखा और पूछा, "तू आज बाज़ार गई थी ?"

रानो ने एक उचटती हुई दृष्टि मंगल पर डाली और फिर उसे अपनी ओर यों देखते पाकर निगाहें चुरा लीं और दुल्हनों की सी धीमी आवाज़ में बोली, "हां।" और फिर काम-काज के बहाने अपने-'आपको इधर-उधर छिपाने, वक्त बिताने लगी।

रानो क्या छिपा रही थी ? यह बात नहीं कि वह सुघड़-सयानियो की तरह अपना सारा कुछ एक ही दम न दे

देना चाहती थी, बल्कि कोई बात थी जो उन, बेंदी, अखरोट की छाल और रसभरियों के ढेर मालूम हो रहे थे, जिसका सम्बन्ध औरत की शक्ल-सूरत से नहीं होता—न उसके नारीत्व और उसकी अन्तिम सीमा से... जिसे वह धीरे-धीरे सामने लाती है और जब लाती है तब पता चलता है—यह बात थी। जैसे अष्टमी का चांद अपना आधा छिपाए रहता है और फिर धीरे-धीरे, दिन-ब-दिन, एक-एक पर्दे—दुपट्टे, चोली, अंगिया सबको अलग डालता जाता है और आखिर एक दिन एक रात पूर्णिमा के रूप में सामने आकर, कैसी मस्ती और मजबूरी कैसी नादारी और लाचारी के साथ अपना सब कुछ लुटा देता है

...क्या नारी-विज्ञान नक्षत्र-विज्ञान से दूर की बात है? कोई भी विज्ञान दूसरे विज्ञान से अन्तर रखता है? ...जिन लोगों ने बरसों स्वभाव बनाकर आसमानों पर झांका, सितारों को देखा हो, जो उनकी झिलमिल के साथ मरे, हिलमिल के साथ जिए हों, अमावस के साथ मुरझाए, पूनम के साथ खिले हों—वे ही रात की आंखों में, पलकों के नीचे, ज़मीनों से बड़ी, आसमानों से बड़ी, विद्युत और चुम्बक के विस्तारों में जो रास रचाई जाती है, जो भंगड़े और झुम्मर और लुड्डी नाचे जाते हैं, उनके भेद समझते हैं...वे ही अष्टमी के चांद का भेद भी जानते हैं।

मंगल, इक्के वाला, फिर सलामत से बेसलामत होकर घर की उस अष्टमी का भेद कैसे समझता? उसने कभी आसमान में झांका भी न था। वह तो यह भी नहीं जानता था कि वह स्वयं एक ग्रह है—सूरज—जो कभी किसी को अपनी तरफ देखने की अनुमति नहीं देता। जो देखता है, अन्धा हो जाता है। उसके उदय और अस्त, उसका सन्तुलन और प्रतिदिन का समन्वय आपस में सिर टकराते हैं, मर जाते हैं, अतीत का अंश बन जाते हैं। सप्त-ऋषि की दुल्हनें उसकी ओर देखती हुई अलोप हो जाती हैं। चांद ज्योतिहीन, कागज़ी होकर, घटता-घटता घट

जाता है और अन्त में नेति की गहराइयों में गुम हो जाता है।

लेकिन आज—उस बेखबर मंगल को रानो कई खबरें देना चाहती थी। वह उस घूंघट को उठा देना चाहती थी जो मगल और उसके बीच बाधा बना हुआ था।

'घुंड अन्हियां करे सुजाखियां नूं,
घुंड लाह मुंह उत्तों लाड़िए नी
वारिस शाह न दब्बिए मोतियां नूं,
फुल्ल अग्ग दे बिच्च न साड़िए नी'[1]

आज रानो ने उस पर्दे और शर्म को दूर कर देने की ठान रखी थी, जिसे एक तरफ हटाए बिना भगवान भी नहीं मिलते।

उधर मंगल आज जैसे कोई रिश्वत देना चाहता था।

उसने कुर्ते की जेब से रानो के लिए बालों की कुछ सुइयां निकाली, जो वह लौटते समय कस्बे से ले आया था। उन्हें हाथ में लेते ही रानो चौंक उठी। उसके मुंह से एक अनायास-सी 'हा'—औरत में आनन्द की इन्तिहा—निकली। लेकिन तब मंगल कहीं दूर देख रहा था ...फिर लौटकर उसने पैसे निकाले और रानो के हाथ में थमा दिए। ...रानो की आंखों में आंसू उमड़ आए. लेकिन उसने हैरान होकर पूछ ही लिया, "ये आठ रूपये कहां से आ गए ?"

"आज पसरूर की सवारी मिल गई थी।"

"तो... ?"

"तो क्या ?"...खाओ-खर्चो। और फिर पहली बार—अपने विवाहित जीवन में पहली बार—उसने अर्थपूर्ण दृष्टि से रानो के श्रृंगार की ओर देखा और बोला, "खर्च भी तो बढ़ गया है !"

---

१. घूंघट देखने वालों को अन्धा कर देता है। ऐ दुल्हन ! तू इसे अपने चेहरे पर से हटा दे। वारिस शाह ! मोतियों को दबाया नहीं जाता, न फूलों को जलाया जाता है।

और रानो पहली बार—अपने नये विवाहित जीवन में पहली बार—एक पत्नी की तरह लजाई और उसे लगा कि उसका उबटन, उसकी बेंदी, अखरोट की छाल, रसभरियां नंगी हो गई। उसने सिमटने के पर्दे में अपना सब कुछ एक बार ढक लिया। वह मंगल के पास होने में कितनी दूर और दूर होने में कितनी पास हो-हो जाती थी। फिर उसने भी सोचा—अभी नहीं। अभी तो मन्दिर में घण्टियां भी नहीं बजीं, मसजिद में मुल्ला ने अज़ान भी नहीं दी।

मंगल ने कहा, "खाना निकाल दे झट से।"

"अभी नहीं।"

"क्यों ? ...अभी क्या है ?"

रानो कुछ घबरा-सी गई। वह इस सवाल का जवाब न दे सकती थी, लेकिन मंगल ने स्वयं ही उसे दुविधा से निकाल लिया, "क्या कोई बहुत अच्छी चीज़ बनी है ?"

"हां !" रानो ने कहा। और फिर खट्टे दुपट्टे में कोई तोता बोलने लगा, "चने की भाजी पकाई है। साथ में पुदीने की चटनी करारी, मसालों वाली..."

कितनी भूल हुई। मंगल को वह सब याद आ गया। वह उठ कर खड़ा हो गया और नथुने फूलने लगे और बाल पगड़ी से बाहर आ गए। यदि बालों में नहीं तो ख्यालों में जरूर वे मनछिटियां, मदार की बुड्ढ़ी माइयां अड़ी थी। वह एकदम गुस्सा होकर बोला, "दो, जो कुछ भी पका है, नहीं मैं जाता हूं, जरूरी काम है।"

रानो सम्हलते-सम्हलते फिर गिर-सी गई। उसने तो कुछ और ही सोचा था, और ही पकाया था। ...शायद कोई ऐसी-वैसी बात भी न हो। अच्छा ही है। जब लौटेगा तो बच्चे सो चुके होंगे। ससुर की खों-खों, खां-खां, सास के शुरू रात के खर्राटे बन्द हो चुके होंगे। ऐसा सन्नाटा होगा कि सास भी

रोकनी पड़ेगी।

अचानक मंगल ने कहा, "मेरी वह कुर्ती कहां है ?"

रानो समझ गई...सनसना गई।

"कहां जा रहा है ?" उसके मुंह से अनायास निकल पड़ा, "देखता नहीं, बादल घिरे हैं ?"

"होंगे !" मंगल ने कहा, "तू कौन है रोकने वाली ?"

रानो असहाय-सी होकर रह गई। बोली, "नहीं, मैं तो कोई नहीं...ऐसे ही पूछा था..

यदि रानो अड़ जाती, जैसे तिलोके के साथ अड़ जाती थी, और कहती, 'मैं न रोकूंगी तो और कौन रोकेगी ?' तो मंगल अलफ हो जाता। पर वह अपनी फटी हुई, मैली, पुरानी-सी चादर के रिश्ते को समझती थी। मंगल रानो के इस मरियल-से उत्तर से कुछ ढीला पड़ गया और बात को खत्म करने के अन्दाज़ में बोला, "जा रहा हूं, रण्डी के यहां।"

यह वाक्य पति प्रायः उस समय कहते हैं, जब वे सचमुच रण्डी के यहां जा रहे हों और पत्नियां समझती हैं, उनका पति किसी गलत जगह नहीं जा रहा, नहीं तो वह ऐसे कहता ? पर रानो को परिस्थितियों में प्रतिक्षण उत्पन्न हो जाने वाले खतरे ने एक ऐसी समझ दी थी जो उसकी दूसरी बहनों के हिस्से में न आई थी। सहसा वह देवी से एक आम हाड़-मांस की नारी बन गई। एकदम चालाक और चतुर—कुल्टा—क्या करती ? वह मजबूर थी और बेबस। आदमी पल-पल परिस्थितियों और घटनाओं से प्रभावित होता है, उनके सामने बदलता है, नहीं तो परमात्मा ने उसे नसों का इतना बड़ा जाल न दिया होता।

कुर्ती की मांग ने रानो के सन्देह को विश्वास में बदल दिया। वह तन कर खड़ी हो गई। उसके भी नथुने फूलने लगे, जो मंगल को दुपट्टे में दिखाई न दिए। एक बीबी मुकाबले के लिए, अपने अधिकारों की रक्षा के लिए, एक टकाही के स्तर

पर उतर आई थी। अपनी दृष्टि-क्षितिज पर उसे सलामते का बदन लहराता हुआ नज़र आया, जिसके बदन के कसे-कसाए और सुडौल अंगों में संगी के लिए स्वाभाविक जगहें बनी थीं, जिसके शरीर की ताज़गी और तरावट को उबटन और बेंदी और अखरोट की छाल की जरूरत नहीं थी ....जो सब चीजें मंगल जैसे स्थूल, पत्थर आदमी के लिए बेकार थीं। जो स्वयं चट्टान था, चट्टानों से भिड़ना चाहता था; खुद लोहा था, लोहे से टकराना चाहता था...और रानो जानती थी और इसके लिए तैयार थी...उसने एक आड़ी नज़र से ट्रंक की तरफ इशारा किया और बोली, "वहां पड़ी है तेरी कुर्ती।"

तभी बाहर से विद्या की आवाज़ आई—"रानो !"

रानो एकदम बाहर लपकी और इससे पहले कि विद्या कुछ कहती, रानो ने उसे बाहर ढकेलते हुए कहा, "चली जा विद्धो... इसी वक्त चली जा।"

विद्या ने बेकार-सी ज़िद करते हुए कहा, "क्यों नी ?"

रानो ने हाथ जोड़ते हुए कहा, "परमात्मा के लिए... बड़े-बड़ौतों के लिए..."

और विद्या चकित-सी पीछे देखती हुई चली गई।

रानो अन्दर आई तो मंगल ट्रंक खोल चुका था। उसने कुछ कपड़े इधर-उधर बिखेर रखे थे। उसके हाथ में मिटठे मालटे की बोतल थी और आंखों में चमक....

"यह कहां से आई ?" उसने रानो से पूछा।

"यह क्या ?"

"यह..." मंगल ने बोतल को हवा में उठाते हुए कहा, "मिट्ठे मालटे की बोतल !"

रानो ने कुछ कांपते, कुछ बाहर की ओर देखते हुए कहा, "मुझे क्या मालूम ?" और उसे अपने को बहुत कुछ छिपाने की जरूरत भी न पड़ी। डब्बू रोने लगा था। रानो ने आधी अन्दर,

आधी बाहर जाकर बांह उठाकर उसे दुत्कारना शुरू कर दिया, "हात, हात मुए! ...यहां क्या धरा है तेरे रोने को....जा उनके यहां जिनके घर तरकारी मिलती, गोश्त मिलता है..."

और फिर पीछे आती हुई बोली, "तेरे भैयां पिया करते थे न..."

"हां, मगर," मंगल ने हैरानी से कहा, "इतने बरसों से..."

"पड़ी रही होगी। मैंने तो तब से इस ट्रंक को हाथ भी नहीं लगाया।"

मंगल बोतल को घुमा-घुमा कर देख रहा था, मानो विश्वास न हो रहा हो। ...बिल्कुल वही चीज़, जिसकी उसे शाम से तलब थी, जिससे उसने चाहा था कि .उसकी हिम्मत बढ़े, चीते की सी लपक आ जाए, दस घोड़ों की सी ताकत...उसे भी अपने मन के क्षितिज पर एक तरो-ताजा स्वस्थ और सुंदर लड़की दिखाई पड़ी।

उसने थोड़ा अन्दर-बाहर होकर ऊपर आसमान की तरफ देखा, जहां अब बादल घिर आए थे और चांद को अपनी रज़ाई-तोशक में छिपा लिया था...जरूर कहीं गर्मी पड़ी होगी, भाप उठी होगी, जो इस महीने, भादों के अन्तिम दिनों में बादल कोटले के ऊपर छा गए। शायद कहीं रात और दिन बराबर होने वाले थे... बादलों के बीच में से अपना गिरेबान फाड़कर देखते हुए सितारों से इस बात की तसल्ली करके कि अभी पहला पहर ही शुरू हुआ है, मंगल लौट आया। लेकिन लौटने के बाद वह पहला मंगल न रहा था। एक अजीब किस्म की कठोरता उसकी आंखों में चली आई थी।

"मैं कभी-कभी—वहां, नसीबों वाले अड्डे पर लगा लेता हू।"

"जानती हूं।" रानो ने कहा।

मंगल ने परवाह न की, न हैरान हुआ। "यह !" फिर उसने बोतल की तरफ देखा। लोभ और लिप्सा ने बहुत कुछ उसे देखने न दिया, जैसे रानो की आंखों में उमड़ने वाला सैलाब, साथ ही उसकी तेज़ होती हुई सांस।

"तेरे सामने तो न पीऊंगा।" वह अपनी ही रट लगाते हुए बोला।

रानो चौकन्नी हो गई, "क्यों ?"

"तू बुरा मानती है न ?"

रानो कहने जा रही थी, 'नहीं, मैं क्यों बुरा मानूगीं ! मेरा हक ही क्या है।' लेकिन अन्दर ही से किसी आवाज़ ने उसे रोक दिया। उसकी निगाहें फिर एक कुल्टा की निगाहें हो गई और वह बोलीं, "हां, तू जानता ही है। मुझे जहर लगती है।"

फिर, जैसा कि रानो का अनुमान था, जैसा कि वह मंगल को चाहती थी—मंगल एकदम भन्ना उठा। एकदम बोतल के गले में मुट्ठी घुमाते हुए उसने काग को ढीला कर दिया। पहले चारों ओर देखा फिर डाकुओं के अंदाज़ में बोला, "यही है न तुम औरतों की बात...खाने-पीने से भी रोकती हो अपने मर्दों को ।" और वह झेंप गया।

रानो खुश हुई। मुंह से, जबानी तो 'औरत' और 'मर्द' का सम्बन्ध जुड़ा। ऊपर से रोष प्रकट करते हुए बोली, "खबरदार, मैं न पीने दूंगी।"

बिल्कुल, जैसा कि रानो ने सोचा था, मंगल ने काग निकालकर बाहर फेंक दिया। बू-सी लपकी और कमरे में फैल गई। रानो ने एक हाथ से दुपट्टा नाक के सामने रख दिया। मंगल ने रानो का हाथ पकड़ लिया और बोला, "मैं पीऊंगा—जरूर पीऊंगा।"

तूने तो अपने भाई को हठकाया था...बोतल तोड़ी थी, मुझे छुड़ाया था।"

"वह...वह तो तुमपर तरस खाया था।"

फिर—जैसाकि रानो ने सोचा था, मंगल उसके हाथ झटकने लगा। बीच में बड़ी आ गई और दोनों एक-दूसरे के इतने निकट पाकर ठिठक गई...तभी बाहर से बादल की गरज सुनाई पड़ी...

"जा तू।" रानो उसे देखकर बोली, "खाना खिला दे, सुला दे सबको—अन्दर। पानी पड़ने वाला है।

बड़ी ने बाहर जाते हुए अपने पीछे दरवाजा बंद कर लिया। आज वह सुबह से ही मां के तेवर देख रही थी और कुछ-कुछ समझ रही थी।

रानो फिर बोतल झपटने लगी और मंगल उसे ढकेलने लगा। उसके कठोर और खुरदुरे हाथ रानो के बदन के हर हिस्से को लग रहे थे। बीच में उसने कुछ रख-रखाव किया भी, लेकिन चादर का बैनामा था। वह रानो का बदन तोड़ रहा था, मरोड़ रहा था और बार-बार सीधे, बोतल से मुंह लगाकर पीते हुए, हांफते-कांपते कह रहा था, "मैं अपने भाई की तरह नहीं—नामर्द ! जो एक औरत के सामने हथियार डाल दूंगा।"

मंगल ने इस छीना-झपटी में एक-तिहाई बोतल खाली कर दी। रानो कुछ और लपकी। मंगल ने इस बार उसे नीचे फर्श पर गिरा दिया और फिर उत्तेजित हो, उसपर सवार होकर, उसे मारने-पीटने लगा—बिल्कुल ऐसे ही जैसे रानो ने सोचा था। वह ऊपर उठने की चेष्टा करने लगी और मंगल नीचे दबाने की। बीच में एक हाथ से बोतल उठाकर वह फिर पी गया... हौले-हौले उसका चेहरा लाल होने लगा। खून कानों और सिर की तरफ आने लगा। रानो की सांस धौंकनी की तरह चलने लगी। उसके अंगो में एक ऐसी तड़प पैदा हो गई, जिसे काबू में करना मंगल के लिए कठिन हो गया....असम्भव ! अब की जो रानो उठी तो मंगल ने उसे दीवार के साथ दे मारा।

खून का एक फब्बारा रानो के सिर से फूटा और उसकी टांगे उसे सम्हालने के योग्य न रहीं। वह जमीन पर पड़ी थी—आंखें बन्द और मुंह खुला हुआ ...रानो के मौने विद्रोह के बावजूद आवाज़ जिन्दा तक पहुंच गई और उसने कहा, "क्या है बहू ?"

एक अजीब प्रकार के आनन्द से बेहोश होते हुए रानो ने जबाव दिया, "कुछ नहीं माई ! बिल्ली है।"

और फिर उस पर एक मूर्च्छा- सी छाने लगी। शरीर के सारे अंग ढीले पड़ गए। जहां हाथ पड़ा था, हाथ—टांग पड़ी थी, टांग और कपड़ा पड़ा था, कपड़ा। नीचे शराब गिरी थी या शायद पानी...रानो की शलवार तर- ब- तर हो रही थी। अब तक जो कुछ हुआ उससे यह जान पड़ता था कि दोनों में से किसने पी है—नशा किसे आया है...किसका उतरा है ?...

मंगल रानो के पास हैरान खड़ा था—अजीब औरत है। इतनी मार पड़ी, इस पर भी कह दिया—बिल्ली है।—वह लज्जित भी था और कृतज्ञ भी।

पगड़ी फाड़कर उसने रानो के घाव पोंछने शुरू कर दिए और कपड़े को मुट्ठी में लेकर उसपर सांस की धौंकनी चलाने लगा और रानो के शरीर पर जहां- जहां सूजन थी, लगाने लगा—वैसे ही जैसे उस रात रानो ने किया था...रानो को आराम आ रहा था, आनन्द आ रहा था और मंगल को रोना और इस रोने में प्रायश्चित्त का सुख। रोते- रोते उसने रानो के पांव पकड़ लिए। अब वह उसे ऊपर खींच रही थी, उसका शरीर सहला रही थी- जैसे मार उसे नहीं, मंगल को पडी।

"माफ़ कर दे, मुझे माफ कर दे।" मगल रट लगाए हुए था। "वादा कर ...फिर न पिएगा।" रानो ने उसके साथ लगते हुए कहा और फिर एकदम किसी खतरे से अपने को बचाने के लिए पहल करती हुई बोली—"वादा करेगा तो मैं...आज तुझे

अपने हांथ से पिलाऊंगी।"

"मैं वादा करता हूं।" मगल ने कहा और फिर सोचने लगा, 'उसने किस बात का वादा किया।'

रानो धीरे से उठी और बाहर चली गई। मंगल बैठा बर्तनों पर बारिश की जल-तरंग सुन रहा था। बड़ी ने सबको खिला-पिला दिया था और कहीं दूर, अन्दर सुला दिया था—जैसे हमेशा के लिए ...जैसे मनुष्य और प्रकृति के बीच इस महान षड्यंत्र में वह भी सम्मिलित हो गई थी। रानो ने तन्दूर को बारिश से बचाने के लिए उस पर एक बड़ा-सा दाबड़ा रख दिया और फिर खाना लेकर अन्दर चल दी।

रानो लौटी। थाली में एक तरफ रोटी पड़ी थी और दूसरी तरफ कुछ प्याज़ और चांपे !

मंगल ने विस्मित हो चांपों की तरफ देखा और फिर रानो की तरफ और उसके मुंह में पानी आने लगा। रानो ने गिलास में एकदम बहुत-सी शराब उंडेल दी और मंगल के हाथ में थमा दी। मंगल को जैसे विश्वास न आ रहा था। खाने से नज़रें हटाकर उसने रानो की तरफ देखा, जिसकी निगाहें प्याले बनी हुई थीं। फिर वह इन्कार न कर सका। गिलास हाथ में लेते हुए बोला, "आज के बाद पीऊं तो समझो गाय खाऊं।"

उसने गिलास मुंह की तरफ उठाया तो रानो ने रोक दिया, "ठहरो !" जैसे उसे कोई बात याद आ गई। वह बाहर गई और जब थोड़ी देर के बाद लौट आई तो हाथ में एक टूटी हुई चीनी की प्लेट थी--और उसमें हृदय की आकृति का एक टमाटर, जो आठ भागों में कटा पड़ा था।

मंगल पीने और खाने लगा। रानो रो रही थी...ऐसा मजा मंगल को नसीबों वाले अड्डे पर कहां आया था ! रोते-कांपते हुए रानो ने और उडेली--और ...और ....और शराब रानो को चढ़ गई—रानो को ! छिपने की जगह वह खुलने लगी। पहले

जाली का दुपट्टा जैसे संयोग से गिर गया। फिर कुर्ते के तकमे खुल गए।

तभी मन्दिर के घण्टे सुनाई दिए। फिर मसजिद से अज़ान ...

"हात !" मंगल ने घण्टे और अज़ान सुनते हुए कहा।

"हात क्या ?" रानो पूछने लगी।

"यह," मंगल ने अपना अनिश्चित हाथ जेहलम अराइन् के घर की तरफ उठाते हुए कहा, "यह मुल्ला और पण्डित... "और उसने उठने की कोशिश की। दरवाजे तक गया भी, लेकिन बाहर घुप्प अंधेरा देखकर लड़खड़ाता हुआ अपनी आखों पर पूरा जोर डालते हुए वह सामने देखने लगा। रानो खड़ी थी—पूनम का चांद ! ...जो अधीर होकर आधे से पूरा हो गया था, और बादलों की रज़ाई-तोशक को चीरते-फाड़ते हुए नीचे धरती पर उतर आया था।

मंगल उठ खड़ा हुआ और सास रोककर देखने लगा। बड़ी मुश्किल से बोला, "तुम...तुमने कपड़े क्यों पहने हैं ?"

रानो ने अपना फटा-पुराना जाली का दुपट्टा उठाया और उसे अपने और मंगल के बीच तानते हुए बोली, "लो उतार दिए ... !"

और दुपट्टे को दो उठे हुए हाथों में थामे, रानो पहलू की तरफ मुड़ी ...नारी का तिहरा रूप मंगल के सामने था, जिससे गेहूं की रोटी खाने वाला कोई भी मर्द इनकार नहीं कर सकता ...और बीच में झीना-सा आवरण ...फिर उस रूप पर एक अंगड़ाई टूटी। वर्ष के बावन सप्ताह, सप्ताह के सात-दिन, दिन के आठ पहर, घण्टों और पलों में एक ऐसा क्षण आता है, जब चांद लपककर सूर्य को सिर से पांव तक ग्रस लेता है।

मंगल के चेहरे पर सुर्खियां और सियाहियां दौड़ गईं। आंखें बन्द हो गई और शरीर के रोमकूम अपनी-अपनी जगह

छोड़कर कहीं भी चल दिए ...कभी बारिश के डर से छिपते, कभी उसके लिए बाहर आते। ...सावन और भादों में तो बारिश हमेशा पड़ती है। जहां-तहां भी पड़ती है। लेकिन बड़ों का कहना है कि जब भादों और असौज के बीच दिन और रात मिलते हैं, बराबर होते हैं तो देवी के कोटले पर ज़रूर छींटे पड़ते हैं, असंख्य पड़ते हैं। ...मंगल ने अपने अंधे बाप की तरह लपककर अन्दाज से ही रानो को बांहों में कस लिया। अगले ही क्षण वे शरीर की तपती हुई केसर-क्यारियों में विचर रहे थे। इससे पहले कि उनकी सांसें तेज़ होती-होती वहां पहुंच जाती, जहां से फिर लौटकर नहीं आतीं। मगल रानो से कह रहा था—

"आज तुम ...कितनी खूबसूरत लग रही हो ...भाभी !"

६

घर के दरवाज़े में खड़ी, आकाश से धारासार पानी गिरते देखकर सलामते झल्ला रही थी, अपने गालों पर हल्के-हल्के थपेड़े लगा रही थी। फिर वही हाथ अपने कूल्हों के नीचे थपकने शुरू किए और सी-सी करने लगी, जैसे गलती से, एक साथ बहुत-सी मिर्चें खा ली हों। घण्टों और अज़ान की आखिरी गूंज उसके कानों से दूर हो रही थी। वह भी मुल्लाओं और पण्डितों को कोस रही थी, जिन्होंने मानव-शरीर की रचना तो नहीं की थी, हां, उससे इनकार करने को, उसे गाली देने को हमेशा तैयार रहते थे....

रात का दूसरा पहर समाप्त हो रहा था और पानी हट-हटकर गिर रहा था। मदरसे के बरामदे में ईख के बराबर खड़े मुराद ने आसमान की ओर देखते हुए कहा, "बकवास है यार, यह औरत भी।"

खलीफा ने समर्थन किया और अल्लादाद और मलुवा ने

भी। और फिर सब अपने-अपने लट्ठ और टोके, छवियां और गंडासे लेकर, वर्षा में शरीर की चर्बी तक भीगत्ते हुए अपने-अपने घर की ओर चल दिये—यह कहते हुए—"बच गया सिखड़ा।"

मुराद को नामुराद लौटते देखकर दूर अंदर चारपाई पर पड़ी हुई सलामते ने अपने शरीर की आखिरी अंगड़ाई तोड़ी और बोली— "शुक्र है अल्लाह ! ..."

१०

आज सूरज ने छिदरे-छिदरे बादलों के पीछे अपना मुंह छिपा रखा था। आज प्रकाश के कोटले पर कोई गरीब नादार अपनी मेहनत से शर्मसार रोता-झीखंता अपनी फटी-पुरानी चादर ओढ़ के सो गया था।

हवाएं चलने लगी थीं, जिनके कन्धों पर लहराते हुए कहीं लोबनार और कोटनार और पामीरं और सुलेमान की ओर से छोटे-छोटे सफेद-से पक्षी आने लगे थे। लगता था हजारों कोस दूर कहीं खेलने वाले बच्चों ने कागज की किश्तियां समय के धारे पर छोड़ दी हैं, या वैष्णव देवी छोटी-छोटी तश्तरियों में वे सब सीधे लौटा रही है, जो सदियों में जात्रियों ने ढोलकियां और चिमटे बजा-बजाकर, अम्बादेवी की स्तुति गा-गाकर उसके चरणों में भेंट चढ़ाए थे।

रात-दिन अपना समय छोड़ रहे थे। रातें दिन पर भारी होने लगी थी। पराजित सूर्य रात के सामने शरमाया और बादल के पर्दे से मुंह निकालकर अपनी पृथ्वी की ओर देखकर मुस्कराने लगा। बस, उसके मुस्काने की देर थी कि तीतर के परों पर रंग बिखर गया। दुराज और तीतर की चाल में नये अंदाज चले आए और नीम की सी कोमल डाल पर झूमती, भार ठीक करती हुई झांपल के कंठ में एक रस और गंध से भरी, संगीतमयी

अनायासता फूट निकली।...और धरती के आंसू चूम- चूम लिए।– किसानों ने कहीं- कहीं आंसुओं के बीच, धरती के होठों में, दबी- दबी हंसी देख ली और आत्मविभोर हो अपने- अपने हल निकाल लिए और उस मस्त अलमस्त खेती को 'खरीफ' का नाम दिया। छोटे- छोटे बच्चे तक शहतूत की कच्ची- कुआरी डालियां तोड़ लाये और उनका धनुष बना, डोरी बांध, इधर- उधर लक्ष्यहीन से तीर फेंकने लगे। मस्जिद में मुल्लाओं ने और मन्दिर में पंडितों ने अभिलाषाओं के अश्वमेघ घोड़े छोड़ दिए और सारी की सारी सृष्टि कामना- रत हो गई।

मंगल ने अपना साज निकाला और उस पर कलगी सजाई। रानो ने तंदूर पर से दाबड़ा उठाया और उसके कुछ गीले होने के कारण उसमें ढेर- सी चैलियां और मनछिटी डाल दी। रात की आमदनी में से एक रूपया निकालकर बड़ी को दिया ताकि जाटों के यहां जाकर 'निखालिस' घी तुलवाकर लेती आए। मदरसे में बड़े दो बच्चों के छमाही इम्तहान हो रहे थे, इसलिए छोटा चुम्मूं जेहलम अराइन के घर मूलियां और आलू लेने के लिए पहुंचा तो सलामते सिर के गिर्द जाली का दुपटटा बांधे और कनपटियों पर आटे की चिड़ियां लगाए बैठी थी।

चुम्मूं को मूलियां और आलू खरीदते देखकर सलामते बोल उठी, "वे ! क्या बात है चुम्मिया...आज तुम्हारे आलू और मूली की रोटियां पक रही हैं ?"

"रोटियां नहीं पराठे !" चुम्मूं ने इतराते हुए कहा, "मां ने तंदूर तपाया है..."

जेहलम शलगम धोते–धोते रुक गई और बोली – "हैं बे... तेरी मां ने तंदूर तपाया है ?"

"हां।" चुम्मूं ने जोर- से सिर हिलाते हुए कहा, "तुम्हें पराठे लगवाने हैं तो आ जाओ...नहीं सलामते को भेज दो।"

फिर वह सब्जी लेकर चला गया और पीछे जेहलम,

इनायती और आयशा हंसती रही। सलामते जी खराब होने के कारण जंलीभुनी देखती रही।

पकते हुए पराठों में से खुशबू उठ रही थी और अन्दर बैठे हुए हुजूरसिंह और जिन्दां को ललचा रही थी। हुजूरसिंह से न रहा गया, "जरा नर्म लगाना बेटी", उसने कहा, "मेरे दांत काम नहीं करते।" और जिन्दां भी न रह सकी। बोली, "देखो तो ...हर बखत खाने की पड़ी रहती है।"...तभी रानो ने घी में पराठे, नये साफ-सुथरे झाड़न में बांधकर मंगल की ओर बढ़ा दिए। मंगल ने खुमार-भरी निगाहो से रानो की ओर देखा और फिर आंगन की ओर इशारा करते हुए बोला, "बड़ी मेहनत करनी पड़ेगी..."

रानो ने नीचे देखते हुए कहा, "हां ! और फिर एक लजाई-सी दृष्टि मंगल पर डालते हुए बोली, "हम औरतें और बनी किसलिए हैं ?"

मंगल नसीबों वाले अड्डे के लिए निकलने ही वाला था कि रानो को कोई बात याद आ गई और वह झट बोल उठी, "ठहरो !"

मंगल वहीं रूक गया। रानो दौड़ी हुई उसके पास चली आई और बोली, "मुझे दो शलवारों का कपड़ा ला दो। त्यौहार आ रहे हैं।"

मंगल ने अभी जवाब भी न दिया था कि रानो अपने शरीर के ऊपरी भाग की ओर इशारा करते हुए कह उठी, "सबके पास यह है, मेरे पास नहीं।"और फिर मुंह परे करते हुए रानो केवल मुस्कराई ही नहीं, खिल-खिल करती हंस उठी।

मंगल ने मुस्कराते हुए कहा, -"अच्छा, देखो।"

"देखो-वेखो कुछ नहीं।" रानो को कहने में कोई झिझक न हो रही थी, "मैं क्या सबके सामने बिना शलवार के फिरूगी ?" और फिर कुछ रूककर बोली, "मेरा तो कुछ नहीं जाता..."

मंगल ने अनायास सिर हिला दिया, जैसे अपने अधिकार को दूसरे के साथ मिलाना न चाहता हो।...और रानो होंठो को सिकोड़ते हुए बोली, "चन्नो को उसके घर वाले ने काले सूफ का सूट सिलवा दिया है। उसके गोरे-गोरे पिंडे पर कैसा अच्छा लगता है-काला-काला, नर्म-सा सूफ !"

मंगल सोचने लगा।

रानो ने और आगे बढ़कर मंगल के अरेब कुर्ते का दामन पकड़ लिया और कहने लगी, "तुम आज फिर पसरू, पसरू नही तो गुजरांवाले, नहीं तो सियालकोट, सुभड़ियाल की सवारियां ढूंढ लेना...बच्चे भी कमीजें मांगते हैं।"

मंगल जैसे एकदम फरमाइशों के खट्ठे-मीठे ढेर के नीचे दब गया। साज में से कलगी नीचे गिर गई, जिसे उठाते, फिर से साज में टिकाते हुए उसने रानो की तरफ देखा, जो अभी तक उसका कुर्ता थामे हुए थी, जैसे मंगल उसका चोर था। जैसे रानो का कोई कर्ज था जो मंगल को चुकाना था।

"अच्छा बाबा, अच्छा..."मंगल ने अपना कुर्ता छुड़ाया और चल दिया। रानो अलसाई-सी खड़ी, चौखट में जड़ी, हमेशा की तरह उसे जाते देखती रही। उसका मर्द-तकमील[1] और तामील[2] की एक रात आधे दिन ही ने जिसकी उम्र में दिनों, महीनों और बरसों की वृद्धि कर दी थी ! फिर रानो उसे देखकर एकाएक ठिठक गई-तिलोका ! ...नहीं, मंगल-मंगल !...लेकिन यह वह मंगल तो नहीं था, जिसे उस दिन रानो ने देखा था, जिस दिन वन्नो ने उस पर चादर डालने की बात की थी और एक अलबेलेपन में 'वारिस' गाते हुए जिसे गली के नुक्कड़ ने लपक लिया था...आज वह चुप था और उसके चौड़े-चकले कन्धे मुहब्बत के बोझ से झुक गए थे, जिसके कारण वह आप ही आप

---

१. तकमील--पूर्णता २ तामील--कर्म का पालन

अपना बड़ा भाई मालूम होने लगा था...

वह जा रहा था और गली की नुक्कड़ जैसे परे हो गई थी। गाव से बाहर के काले कोस एक- दूसरे में उलझ गए थे। उलझते- सुलझते ये रास्ते कहीं भी जाते थे, पर एक बात तय थी कि उनपर उड़ती हुई धूल और गर्द, कीचड़ और कर्दम में, हर मगल का खून और पसीना रचा हुआ था। फिर, रास्तों के इस गोरखधंधे में एक रास्ता जरूर ऐसा था, जो हर जानवर, हर इंसान को सांझ होते ही 'घर' ले आता था।

अपनी निगाहों के धुंधलके में विलीन होते ही रानो अन्दर लौट गई। आज उसके पांव एक विश्वास के साथ जमीन पर पड़ रहे थे। आज हर चीज कितनी सरस कितनी सुबुक हो गई थी जिसकी तुलना में अपने कीचड़- भरे आंगन को साफ- सुथरा और फिर से मेहमान- नवाज बनाना कोई कठिन बात नहीं थी।

११

किसी को अनुमान नहीं था कि इस वर्ष कोटला पर इतना जात्री गिरेगा। किसी को गुमान भी न था कि अब के सामने पहाड़ों पर वक्त से पहले बर्फ पड़ जाएगी और अम्बादेवी सब भक्तों को कोटला की ओर भेज देगीं और पसरूर, गुजरांवाला, सब्बरवाल, सियालकोट सतराह और सत्तो की सवारियां आएगी- लारियों और बसों पर, तांगों और इक्कों पर, बेलगाड़ियों और छतनारियों पर...

किसी को मालूम न था, कोटलावासियों के घर दौलत से भर जाएंगे और उस पर सोना बरसने लगेगा। दीवानेशाह का सौदा बिक जाएगा और जाट का घी, खैरे का तेल और जेहलम की सब्जी...कबूतर मंदिर के कलस से गाव की गलियों में उतर आएंगे और दाना खाएंगे और उनके प्यार की धू-धू

चौबीस घंटे चलने वाली आटे की मशीन की कू-कू में गुम हो जाएंगी...और बरातघर, धर्मशाला और जैलदारों की हवेली में तिल रखने की जगह न होगी और लोग बीस-बीस रूपये एक-एक कोठरी के देंगे।... सुनार की बालियां, ठठियार की थालियां, चिराग के चूजे, कुम्हार के कूगे-सब बिक जाएंगे और न बड़ पर पत्ता रहेगा न मेहराब पर शहद का छत्ता।...और अभी लोग आ रहे थे-नाचते और गाते, दफ कूटते नफीरी बजाते, "बचाना है तो बचा लो अम्मा जी ! पापियों के बचाने की यही वेला है..."

कोई न जानता था कि साल के हिस्से में कोटले की औरतें क्यों ऊपर से सूक्ष्म और नीचे से स्थूल हो जाती हैं। कोई कहता, इसका कारण पिछली गर्मी है; कोई कहता आने वाली सर्दी.. और फिर वह हंसने लगते। गांव की गजगामिनियां हाथों में थाली, थाली में शतदल, शतदल में सिंदूर लिए मन्दिर की ओर चल निकलतीं। अपनी ही चाल में मस्त, कहीं एक कूल्हें पर थम जातीं तो ज्ञानचन्द और केसरसिंह, रूल्दू और दीवाने की नाड़ियां छूट जातीं। उनके जाते ही वे होश में आ जाते और एक स्वर से चिल्लाते-"होय-होय..."

आज ही बड़ी परिक्रमा का दिन था। हुजूरसिंह और जिन्दां तक बाहर गए थे, लेकिन रानो घर में ही बैठी थी। उसके कारण बड़ी भी न गई थी-जवान-जहान और इस परिक्रमा के लिए आए हुए हजारों अलबेले-उसकी एक-एक उंगली भी किसी के हिस्से में न आती...सिल पर कोई लाल-लाल चीज पीसकर रानो उसे उंगली से समेटती हुई एक कटोरी में रख रही थी। धुले बेसन में हरी मिर्च की दुम नजर आती और आलू के कतले। चूल्हे पर कड़ाही चढ़ी थी, जिसमें सरसों का तेल उबल रहा था...

तभी चन्नो काले सूफ का सूट पहने, गले में गुलाबी

दुपट्टा उड़ाती हुई अन्दर आई। काली कमीज में उसका गोरा-गोरा सीना जिन्दगी का सियाह-सफेद समझा रहा था। रानो को चौके और आंगन में यो खुमी[1] सी गड़ी देखकर चन्नो बोली, "हाय हाय नी खसम खाणिए-आज के दिन तू घर मरी है ?"

रानो ने यों-ही सा सिर हिला दिया।

चन्नो और पास आते हुए बोली, "बाहर सब छूट्टड़े[2] खड़ी तेरी जान को रो रही हैं और तू यहां क्या कर रही है ?"

और चन्नो की नजर रानो की गुलबरे की शलवार पर जा पड़ी "यह बात !" चन्नो ने उसे छूते और सिर हिलाते हुए कहा।

रानो ने चन्नो से जान छुड़ाने के लिए कड़ाही में पोनी डाल दी। हाथ ऊपर उठे तो चन्नो को रानो के कुर्ते के अन्दर कुछ और ही गोल-सुडौल, कुछ नुकीला-सा नजर आया। उसने बढ़कर ऊपर ही से कुर्ते में हाथ डाल दिया और फिर झट बाहर निकाल, हाथ झटकने लगी, "हाय, मैं मर गई !" वह बोली। जैसे उसने जलते हुए कोयले छू लिए हों, "लगता है मंगल तेरे साथ सीधा हो गया।"

रानो कुछ न बोली, दूसरे हाथ से सिल पर पिसी हुई लाल हरी चीज के चटखारे लेने लगी।

"यह क्या ?" चन्नो ने पूछा। और फिर उसने गौर से देखा। खटमिट्ठी चीज थी। चन्नो की आंखे फैल गई। एक उंगली से उसने भी चटनी को चाट लिया और सी-सी करती, आगे बढ़ती, रानो को कंधों से झंझोड़ती हुई बोली, "हाय, हाय नी रण्डिये..."

---

१. खुमी—भू फोड़ २. छुट्टड़े—जिन्हें पुरुषों ने छोड़ रखा हो, प्यार-भरी गाली, आजाद स्त्रियों के लिए

रानो 'ऊ-हं, "आं हां' करती हुई पीछा छुड़ाने लगी।

"सच बता !" चन्नो बोली, "नहीं तो मेरा मरी का मुंह न देखे. ..बता, तुझे मेरी सौगन्ध..."

रानो ने कुछ घूर-घारके बड़ी की तरफ इशारा किया जो पक्की निशाना थी। फिर चन्नो के कान के पास मुंह करते हुए बोली, "हा हो।"[1]

चन्नो एकदम थिरक उठी। एक हाथ कूल्हे पर, दूसरा सिर पर रखे वह अपनी धुरी के गिर्द घूम गई और एकाएकी बाहर की तरफ लपकी, चिल्लाती हुई "नी सरूपो !...नी चाची पूरो ! नी विद्या...नी अणिये, कहां मर गई सारी की सारी !"

जितनी तेजी से चन्नो बाहर निकली उतनी ही तेजी से मंगल अन्दर आया। दरवाजे में दोनों की टक्कर हो गई। चन्नो दीवार के साथ जा टकराई। मंगल की पगड़ी परे जा गिरी और जूड़ा खुल गया। उसे यों देखकर चन्नो कुछ हंसते, कुछ खफा होते हुए बोली, "अन्धा !...दिखाई भी नहीं देता ! पूरा कोड़मा[2] ही धृतराष्ट्रों का है ..."

"पर चन्नो !" मंगल ने पगड़ी उठाकर बात शुरू ही की थी कि चन्नो भाग गई। मंगल ने जूड़ा लपेटते, पगड़ी पर से गर्द झाड़ते हुए आवाज दी, "रानो !"

रानो सामने ही बैठी थी, लेकिन चौंक पड़ी। आज मंगल ने पहली बार उसे उसके नाम से पुकारा था। वह रानी भी कह सकता था। लेकिन रानो।...जरूर कोई बात थी...रानो ने मंगल की तरफ देखा, जो उसके पास उकड़ू बैठ गया था, मानो कोई बड़े भेद की बात कहना चाहता हो।

"सुन रानो, कमाल हो गया...हद हो गई..."

रानो अन्दर ही अन्दर मुस्करा रही थी, "पहले तुम कह लो, फिर मुझे भी तुमसे कुछ कहना है ?"

"क्या कहना है ?"

---

१. हा हो—हां २. कोड़मा—कुटुम्ब

"तुम कह लो ना ...पहले।"

मंगल कहने वाला ही था कि उसकी निगाहें बड़ी पर जा पड़ीं, जो दीवार के पास खड़ी थी और जिसकी निगाह बाहर की तरफ थी और कान अन्दर मां-बाप की तरफ़। उसकी तरफ देखते हुए मंगल बड़े प्यार से बोला, "बेटा ! तू अन्दर जा।"

बड़ी छोटी सी होकर अन्दर चली गई। मंगल बोला, "जात्रियों में एक लड़का आया है। पच्चीस-छब्बीस बरस का...गबरू जवान... डसके के मुतसद्दी का बेटा...जमीन, मकान, दुकानें, जायदाद..."

रानो के चेहरे की चमक मन्द पड़ गई और वह कह उठी, "तब तो वह..."

"अरी तू सुन तो", मंगल बोला, "वह कहता है, शादी करूंगा तो बड़ी से, वरना दुनिया की किसी लड़की से नहीं।"

"नहीं..." रानो ने एकदम काम छोड़ दिया...उसे विश्वास न हो रहा था।

"तेरी कसम।" मंगल ने कहा।...और, उसने आज पहली बार रानो की कसम खाई थी। रानो की सांस तेज़ होने लगी। गुलबरे में उसकी टांगे कांप रही थी। मुश्किल से अपने-आपको सम्हालते हुए बोली, "उसने बड़ी को देखा है ?"

"जरूर देखा होगा...शायद न भी देखा हो ?"

"न देखे...न मिले। फिर यह कैसे हो सकता है ?"

"क्या मालूम ?" मंगल बोला, "गांव के पंच सभी कहते हैं... और तू तो जानती है, पंचों में परमेश्वर होता है।"

"हां !" रानो मान गई, "पंचों में परमेश्वर न होता तो मैं आज कहां होती ?"

कुछ शह पाते ही मंगल भी कहता गया, "वे सब कहते हैं तेरी बेटी राज करेगी, रानी बनेगी...मतलब, तुम ऐसी रानी नहीं, ...वह... जो असली होती है।

यह सब कुछ रानो के लिए असह्य था, लेकिन मंगल कहे जा

रहा था, "वह कुछ लेने-देने में भी नहीं है। उल्टा सख्ती से इन्कार करता है।" और सहसा किसी ख्याल के आने से कह उठा, "इसका यह मतल्ब नहीं कि मैं कुछ दूंगा नहीं। मुझसे जो होगा, दूंगा अपनी बेटी को...पीछे थोड़ी रख लूंगा !"

"अपनी बेटी !" रानों के कानों को विश्वास न आ रहा था।

"मैं तो उसके लिए बिक जाऊंगा रानो।" मंगल ने अपनी बात जारी रखते हुए कहा, "चाहे मुझे उसके लिए इक्का और चक्की क्यों न बेचने पड़ें। तभी मंगल को कुछ याद आया, "तुम भी तो कुछ कह रही थीं।"

"कुछ नहीं।" रानो बोली, "सुरमा दायी को बुलवा दो...मुझे अभी से उसके साथ बात पक्की करनी है।"

"सुरमा दायी ? मंगल ने दोहराया और फिर आंखे फैलाते हुए रानो की तरफ देखने लगा और बोला, "सच ?"

रानो ने धीरे से सिर हिला दिया और मुस्कराते-शरमाते हुए परे देखने लगी। तभी चन्नो, पूरो, भाभी विद्या, जानकी, सरूपो, छोटी रानी, चण्डी-औरतों का एक दल का दल अन्दर चला आया, तालियां बजाता, शोर मचाता, नाचता-गाता हुआ-

'चूड़े वाली बांह कढ्ढ के
मुण्डा मोह लिया तवीतां
व ा ल ा ।

-चूड़े वाली बांह दिखाकर तावीज वाला लड़का मोह लिया।

दमड़ी दा सक्क मल के
मुण्डा मोह लिया तवीतां
व ा ल ा ।'

-दमड़ी की छाल होंठों पर मलकर तावीजों वाला लड़का मोह लिया।

मंगल ने उन्हें चुप कराने को हाथ ऊपर किया, "चन्नो चाची !"

पूरनदेयी ने आगे बढ़कर जोर स मंगल को एक धक्का दिया और बोली, "जा बे जा, बड़ा आया है..."

"नेंगरा[1] बड़ा !" चन्नो ने भी धक्का दिया।

"दफा न हो जा !" विद्या बोली, "तेरा औरतों में क्या काम ?"

"बेशर्म !" पूरो बोली, "तेरा जो काम था तूने कर दिया ...अब जा इक्का चला।" और फिर रानो की तरफ देखते हुए बोली "लड़का पैदा करनां री...एक और मुसीबत न खड़ी कर लेना।"

और भी औरतें अन्दर आने और मंगल को धक्के देकर बाहर निकालने लगीं। रानो मंगल को बचाते हुए रो भी रही थी और हंस भी रही थी, "हाय...मार ही डालोगी ?" ...और मंगल सिर को बाजुओं में देकर अपनी इज्जत बचाता हुआ, पल-पल दरवाजे के निकट होता जा रहा था और चिल्लाता जा रहा था, "चाची चन्नो ! जाता हूं, मैं, जाता हूं, जाता हूं...मेरी तौबा, मेरे बाप की तौबा !" ...और वह गिरता-पड़ता, पगड़ी सम्हालता हुआ बाहर निकल आया।

अब मैदान औरतों के हाथ था। वे रानो की ओर बाहें उलार के गा रहीं, नाच रहीं थीं—

'पुदीने की करो कड़ाही रे
हमारा अच्छा करारापुदीना...हो !
मसालों वालों पुदीना हो !

और वे पागल हो रही थीं। उनके गाने और नाच की गति कम होने के बदले तेज होती जा रही थी। उनके शोर में कान-पड़ी आवाज सुनाई न देती थी। इस पर भी रानो ने पूरो को परे ले जाकर कह ही दिया-

"बधाई हो चाची।"

"बधाई किस बात की ?" पूरनदेयी ने अपनी ढीली धोती को कसते हुए कहा।

"बड़ी के लिए वर मिल गया।"

---

१. दूल्हा

बड़ी, जो दरवाजे में खड़ी थी, मिर्च की तरह लाल होकर अन्दर सटक गई। और औरतें, जिनके कान शहनाई की आवाज सुनने के लिए और साध-भरी आंखें बरातें देखने के लिए उत्सुक होती हैं, एकदम बेसुध और पागल हो उठीं। अभी से उन्हें बड़ी की बारात दिखाई देने लगीं, बाजों की आवाज सुनाई देने लगी थी। उन्होंने तो यह भी न पूछा कि लड़का कौन है, कहां रहता है, क्या काम करता है। उन्हें तो चमचमाते चेहरे लगाए, सेहरे पर कलगी सजाए, हाथ में तलवार लिए घोड़ी पर चढ़ा हुआ दूल्हा नजर आ रहा था और साथ ही जानवरों-बंदरों और सुअरों की बरात, जो फटे-पुराने वस्त्रों में से उनका जोवन लूटे जा रही थी। और अब वे गा रही थी-

'वाड थल्ले दो निब्बू पक्के
जेठ मंगे उधारे।'

-वाड़े के नीचे दो नींबू पके हैं, जिन्हें जेठ उधार मांग रहा हैं

'न मैं जेठ मुल्ले देन्दी,
न देन्दी रखवारे
डण्डिया नूं बल पै गया, झुमके लैण हिलोर !'

'ऐ जेठ ! न मैं उन्हें मोल देती हूं, न रखने के लिए... कोमल डालियों को बल पड़ गया है और झुमके झूलने लगे हैं।

एक और ने शुरू किया-

'सौहरिया बदाम रंगिया
नूं हां गोरियां, पुत्तर तेरे काले...'

-ऐ बादाम के रंग वाले ससुर ! तेरी बहुएं गोरी हैं, लेकिन बेटे काले हैं।...मानो वे अपनी कल्पना में दुनिया भर की दुल्हनों को ससुराल पहुंचा चुकी थीं।

इस शोर के कारण देवी मां के दर्शनों के लिए आई हुई पूरी परिक्रमा मंगल के घर की ओर पलट पड़ी, मानो देवी मां मन्दिर में नहीं, वहां हैं, या जैसे मन्दिर वहां चला आया है, जहां जनता है। ज्ञानचन्द सरपंच, तारासिंह नम्बरदार, केसरसिंह, जग्गू, रूलदू,

दीवाना, करमू, दुल्ला, जमाला सब आकर खड़े हो गए...कोठे पर औरतों के ठट्ठ नजर आने लगे, नीचे मर्दों के...अड़ोस-पड़ोस और बाहर गांव के लोगों के अलावा सुरमा दायी भी आयी थी, जो सारी दुनिया को दुनिया में लाई थी और अब औरों को भी लाना चाहती थी।

जेहलम की तीनों बेटियां-इनायती, आयशा और सलामते-भी चली आई। साथ ही जेहलम के बड़े भाई का लड़का भी था-मीलू! जिसके बेखुद, बेबस इशारों की तरफ देखकर सलामते शरमा रही थ्धी, बरमा रहीं थी। फिर नवाब की बेगम आयशा, गुरुदास की गुणवती. ..सब अगले पिछले वैर-विद्वेष भूलकर उस क्षण में खो-खो गई।

पूरो और विद्या ने रानो को भी बीच में घसीट लिया...उन सबके बीच डब्बू पागल बना घूम रहा था। इसे-उसे, सबको सूंघ रहा था-बेतहाशा दुम हिला रहा था।...रानो कुछ सावधानी कुछ असावधानी से नाच रही थी। उसके गुलबरे की शलवार लगता था कौड़ियाले रंग का कोई सांप लिपटता, बलखाता हुआ ऊपर ही ऊपर जा रहा है...उसका,सौन्दर्य, जो आज तक विपत्तियों में दबा जा रहा था और जिसे किसी ने न देखा था, फांटों वाले कुर्त्ते के बीच से आंखें मारने, दूसरों की आंखों को चौंधियाने लगा, जैसे कोई नटखट बच्चा हाथों में आईना लिए आते-जाते पर सूरज की रोशनी का झलकारा देकर उनकी आंखें चौंधियाए बार-बार अंधा किए जाए...

नाचती हुई औरतों की निगाहों में दुनिया एक लम्बा-चौड़ा घरा बन गई, जिसके मर्द, औरतें, बच्चे, बूढ़े सिर्फ खाके थे। फिर वे भी रंग के बड़े-बड़े छींटों और धब्बों में बदल गए...और अन्त में एक ही रंग रह गया-सूरज की किरणों का रंग, जिनमें सभी रंग छिपे रहते हैं और अलग-अलग पहचाने जाने के लिए मनुष्य के दिमागी आदेश की प्रतीक्षा करते हैं।

बाहर कुछ और ही शोर मचा और यह टोली की टोली झुरमुट का झुरमुट कई नये रंग पैदा करता, एक-दूसरे पर गिरता-पड़ता

दरवाजे पर, कोठों पर मुंडेरों पर, कुएं की जगत पर पहुंच गया...

ये यात्री लोग थे, जो सिर झुकाए देवी की भेंट गाते हुए आ रहे थे-ढोलक पीटते, छैने बजाते हुए देवी मां की स्तुति गा रहे थे। वे सब अपने पापों का प्रायश्चित करने चले आए थे-पाप, जो हो चुके थे...पाप, जो हो रहे हैं,...पाप, जो होने वाले हैं...

वे नाच रहे थे, गा रहे थे-

'माता रानी दे दरबार जोतां जगदियां
मय्या रानी दे दरबार जोतां जगदियां
हे मय्या ! तुसीं सत्ते भैणां गोरियां
सिर लाल फुल्लां दियां जोड़ियां
माता रानी दे दरबार जोतां जगदियां।'

फिर दृश्य खुला और सबने देखा, चौधरी मेहरबानदास और उसका भाई घनश्याम सात साल की कैद काटकर आ रहे थे। अगुआते, शोर-गुल मचाते जात्रियों के पीछे उनकी गर्दनें झुकी हुई और निगाहें जमीन पर गड़ी हुई थीं...कमरें बार-बार झुकने से दोहरी और कान पछतावे और शर्म से लाल...सदियों के पश्चात्ताप और प्रायश्चितों के बाद अब उनकी यह चुप कितनी ही कहानियां कह रही थी...

और उन सबके बीच एक नवयुवक था-पच्चीस-छब्बीस बरस का गबरू...जवान...सुन्दर-जो बड़े आराम, बड़े प्यार और बड़ी ही श्रद्धा से देवी मां की भेंटे गा रहा था। उसे देख-देखकर लोग हैरान हो रहे थे। सबके होंठो पर एक ही सवाल था, दृष्टि में एक ही जिज्ञासा-इतनी छोटी उम्र में, इस लड़के ने कौन-सा अपराध किया था ?...शायद...उसने अपराध नहीं, अपराध ने उसे किया था...

तभी भीड़ को चीरता, धक्के देता, धक्के खाता मंगल रानो के पास चला आया और उसे कन्धे से पकड़कर झकझोरता हुआ बोला, "रानो ! वह है...वह है लड़का।" और उसने भेंटे गाते हुए लड़के की तरफ उंगली उठाई।

रानो ने दूर से उस सुन्दर लड़के की ओर देखा और उसकी

निगाहों में स्वयंवर रच गए। मन ही मन उसने बड़ी की बाहों के हार उसके गले में पहना दिए और स्वयं अमर बेल बनी उससे लिपट गई-इतना जवान, ऐसा सजीला, बांका गबरू न मिला होगा किसी मां की बेटी को ! भावावेश में पागल होती हुई रानो ने पास खड़ी चन्नो को अपने बाजुओं में जकड़ लिया और जोर से उसे भींचते, उसकी चीं बुलाते हुए बोली, "हाय नी चन्नो !" मैं तो पार हो गई।"

बड़ी औरतों के झुरमुट में से सिर निकाल-निकालकर लड़के को देख रही थी। आपा-धापी की इस भीड़ ने उसकी सब लाज-शर्म को छिपा लिया था...लहू पूरे बदन से खिंचकर उसके मुंह को जाने लगा था।...वहीं लहू सलामतै के चेहरे से गायब हो गया और वह बड़ी बहन से कहने लगी, "आपा घर चल...घर, मैं तो थक गई..."

और रानो बच्चों की तरह इसे, उसे सबको अपना खिलौना दिखा रही थी, "देखो चाची ? विद्दो, तू भी देख...देख चण्डिये...राण्डये...लाजो.

पूरो चाची ने देखा, विद्या ने जांचा; चण्डी ने तोला, लाजो, जानकी, कुक्की...और रानो सबकी तरफ देखती, सर झटकती हुई बोली - "है ना ?"

तभी रानो की नजरों की कड़ी टूट गई। उसने देखा, चन्नो के चेहरे का रंग एकदम पीला पड़ गया था। किसी बे-बहारे तुरई के फूल के समान रानो ने एक तीखी-सी दृष्टि उस पर डालकर कहा, "हाय नी !" और फिर उसी दृष्टि से लड़के की ओर देखने लगी, जो अब निकट आ चुका था और नजरों की झोलियां फैलाए, हाथ जोड़े रानो से कोई भीख मांग रहा था। रानो ने एकदम सांस ऊपर खीचीं, "मैं मर गई !"

सांस बाहर आने से पहले, रानो के चेहरे की सुर्खी साफ और सामने पर लगाकर उड़ती हुई नजर आई और वह रूई की तरह सफेद हो गई। पहले हाथ कांपे, फिर पूरा शरीर ऐंठने लगा और वह लड़के की ओर देखते हुए बोली, "वही-यह तो वही है, जिसने मेरे...

रानो इस अकस्मात् चोट से बेहोश होकर गिरने ही वाली थी कि सदियों की बुजुर्गी से बाल पकाए, सिर झुकाए हुजूरसिंह कहीं से गिरता-पड़ता चला आया और पास ही खड़ी जिन्दां ने डब्बू से बे-परवाह होकर रानो को गिरने से थाम लिया। आज उसकी आंखें तालाब पर नहाने वाले कबूतरों की तरह फड़फड़ाने की जगह पूरे पर तौल रही थीं। बाज की तरह ऊंचे नीड़ की ओर उड़ाने भर रही थीं...

"बहू !" उसने लरजते-कांपते हुए होंठों के बीच से कहा, "तू किसे रोती है ?...मेरी तरफ देख जिसने बेटा दिया है, हमेशा बेटा दिया है, तब कहीं एक बेटा पाया है..."

और फिर, बहू रानो की आत्मा को पा लेने के यत्न में बूढ़ा हुजूर सिंह स्वयं कहीं खो गया। उसकी आंखों की गंगा-जमुना उसकी दाढ़ी के जंगलों-बेलों[1] में कहीं गुम हो रही थी। तिलोके की मृत्यु के बाद आज तक उसके हाथ किसी न हाथ आने वाली चीज की तलाश में खप गए थे...आवाज गले में कांपती रह गई थी...

'नहियों लभ्भने लाल गवाचे
मिट्टी न फरोल जोगिया !'

'जोगी ! बेकार की धूल मत छान। लाल जो एक बार खो गए, सो खो गए। अब वे तुझे नहीं मिलेंगे। हां, लाल के बदले तुझे और लाल मिल जाएंगे, हीरे मिल जाएंगे...मोती...पन्ने...पर वह लाल नहीं.

तभी तो हुजूरसिंह की आंख इस दुनिया के रिश्तों और बन्धनों में कहीं रूल गई थीं और दृश्य उसकी विवशता पर रो रहे थे। अब वह स्वयं ही दृश्य था और स्वयं ही दर्शक, आप तमाशा, और आप ही तमाशाई...उसके सिर पर गेरूए रंग की पगड़ी बंधी थी, जिसके पेच खुल-खुल जाते थे। इस समय पल्लू से वह अपनी रेशेदार आंखें और बहती नाक पोंछता हुआ कोई जोगी, कोई रमता राम लगा रहा

१. चरागाह

था। वह दुनिया को छोड़ रहा था, पर दुनिया उसे नहीं छोड़ रही थी...आज मौत के द्वार पर खड़े उसे कोई दिव्य दृष्टि मिल गई थी और वह देखने लगा था-जन्म...मरण...और बीच में एक रानो बहू... जो शादी के दिन अकस्मात् कहीं परलोक से इस लोक में चली आती है और फुलवारी के पीछे से अपनी कलीरों से अटी, लाल-लाल चूड़ियों से पटी; गोरी-गोरी बांहें निकालती, छनकाती है...मेंहदी से बोझिल हाथ जोड़ती, घूंघट की ओट से कनखियों की भाषा में विनती करती अपने ससुर से कहती है-हे पिता !...तू अपना यह एक बेटा दे दे मुझे। मैं इसके बदले तुझे दस दूंगी।- इसी के रूप में...इसी के गुण में।. ..और पिता कहता है-हां, हां बेटी ! पर यह बेटा मेरा ...? और फिर वह आंसू पोंछता हुआ मुंह फेर लेता है...

रानो के लम्बे-लम्बे केश हुजूरसिंह की उंगलियों से उमड़ने वाली ममता की धारा में नहा रहे थे, छींटे उड़ा रहे थे। आस उसे अपने खोए हुए बाप की जगह कोई दैवी पिता मिल गया था। इसीलिए हर तरह के रख-रखाव से बेपरवाह वह बार-बार अपना सिर उसकी छाती पर पटक रही थी और कह रही थी, "नहीं, नहीं, बापू, यह न होगा। हाय मेरी बेटी ! मैं मर जाऊंगी बापू !"

उस समय परिक्रमा के लिए आई हुई सारी भीड़ थम चुकी थी और रूकी हुई सांसों से एक महान निर्णय की प्रतीक्षा कर रही थी। मालूम होता था, रानो हां कहेगी तो दुनियाएं बस जाएंगी और 'न' कहेगी तो प्रलय आ जाएगी-महाप्रलय, जिसमें क्या जड़ और क्या चेतन, क्या पशु और क्या पक्षी, क्या धरती और क्या आकाश-सब नष्ट हो जाएंगे। समय के पास कोई नूह[1] न रहेगा ओर भगवान के पास कोई रूह...। शब्द में छनकार नहीं रहेगी, ज्योति में प्रकाश नहीं रहेगा. ..और पंचपरमेश्वर सामने खड़े हाथ उठा उठाकर कोई प्रार्थना कर रहे थे। उनकी प्रार्थना में वह मासूम-मंगल भी शामिल हो गया था।

---

१. नूह—पैगम्बर, जो प्रलय के समय अपने अनुयायियों को एक किश्ती में बचा ले गए थे।

तभी रानो को दिलासा देते हुए हुजूरसिंह बोला, "बेटा ! यह सब क्या हो रहा है ?...क्यों हो रहा है...इसे तू नहीं जानती, न मैं जानता हूं, न ये लोग जानते हैं...तू इसे समझने की कोशिश भी मत कर.. एकदम चुप यहां तो दम मारने की जगह नहीं..."

रानो ने मुड़कर देखा। बड़ी के चेहरे पर हवाइयां उड़ रही थीं, जैसे वह कह रही थी, मां ! यह तू क्या कर रही है ? तू न बोली तो मैं बिन ब्याही धरती की तरह बोझ रह जाऊंगी।...रानो सुसर के कन्धे पर से सिर उठा बोली-"अच्छा बापू ! अच्छा !"

एकदम भेंटें शुरू हो गई। लोग पूरे जोश के साथ गाने, बजाने, शोर मचाने लगे, जिनके बीच रानो ने ऊपर मन्दिर की तरफ देखा-सुनहरे कलसों से देवी की सुनहरी मुस्कान प्रतिबिम्बित होकर रानो के चेहरे पर पड़ रही थी और उसे आलोकित कर रही थी... कुछ ही देर में रात हो गई और अंधेरा छा गया। उस पर एक तेज, चकाचौंध कर देने वाला प्रकाश था, जो झपक-झपककर, लपक-लपककर रानो की ओर देख रहा था और जिसने पूरी तरह से उसे घेरे में ले लिया था...उसी क्षण मन्दिर में घंटियों का शोर मचा, मस्जिद से अजान गूंजी और जहां कलम थे, वहां अंधेरे में किसी के हाथ फैले और गर्दन लटकती हुई नजर आई।

एक डर था...और एक आनन्द भी, जिनमें सनसनाती हुई रानो ने अपने दोनों हाथ कलसों की ओर उठा दिए और रोती-धोती, लरजती-कांपती हुई बोली, "मां ! हे देवी मां !!"

तभी विद्या ने पूरो की कमर में ठहोका दिया-"अणिये पूरो ! सभी आए, एक तेरा हरिदास नहीं आया ?"

...और पूरो झूठ-मूठ रोती हुई अपने शम्भू के हरामी बाप का शोक करने लगी।

□